amor à luz do dia

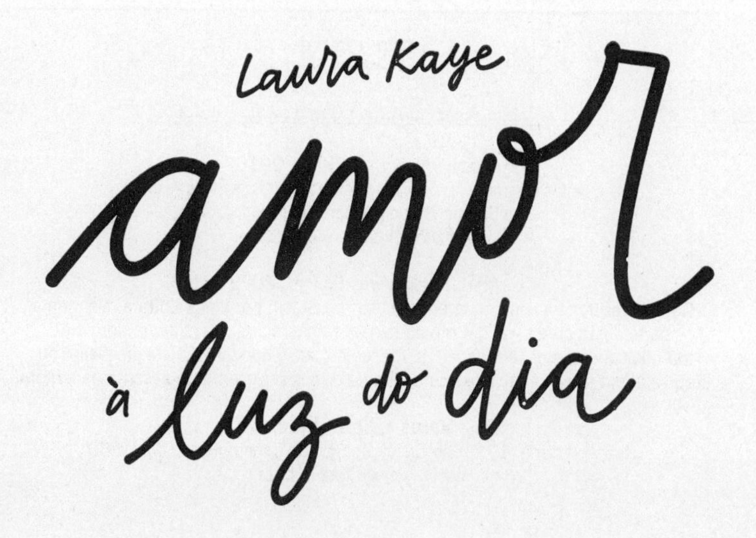

Tradução
Cláudia Mello Belhassof

1ª edição

Rio de Janeiro-RJ / São Paulo-SP, 2022

VERUS
EDITORA

Copidesque
Mel Ribeiro

Revisão
Tássia Carvalho

Título original
Love in the Light

ISBN: 978-65-5924-104-0

Verus Editora Ltda.
Rua Argentina, 171, São Cristóvão, Rio de Janeiro/RJ, 20921-380
www.veruseditora.com.br

CIP-BRASIL. CATALOGAÇÃO NA FONTE
SINDICATO NACIONAL DOS EDITORES DE LIVROS, RJ

K32a

Kaye, Laura
Amor à luz do dia / Laura Kaye ; tradução Cláudia Mello Belhassof. - 1. ed. - Rio de Janeiro : Verus, 2022.

Tradução de: Love in the Light
ISBN 978-65-5924-104-0

1. Ficção americana. I. Belhassof, Cláudia Mello. II. Título.

22-78734 CDD: 813
CDU: 82-3(81)

Meri Gleice Rodrigues de Souza - Bibliotecária - CRB-7/6439

Revisado conforme o novo acordo ortográfico.

Para Lea, Christi, Jillian e Liz, por me darem coragem.
Para Marcy, por me dizer que eu tinha que fazer isso.
Para BK e as meninas, por me ajudarem a fazer isso.
A todos os leitores que perguntaram se haveria mais.
Este é para vocês, com todo o meu coração.

Quando a nuvem no céu começa a se derramar
E a sua vida é uma tempestade constante vindo na sua direção
Não diga a si mesmo que você não pode contar com os outros
Porque todos nós precisamos de salvação
Às vezes.

– Jon McLaughlin,
We All Need Saving

1

Makenna James acordou ofegante, saindo apressada do sono, como se estivesse sendo puxada do fundo da água. O que a acordara...

Caden gemia ao lado dela, se debatendo no travesseiro, com um suor frio na testa. O coração dela disparou pelo susto, mas agora estava apertado por outro motivo.

Ela se aproximou e passou a mão na cicatriz profunda que descia da têmpora dele até a parte de trás da cabeça. Um raio de luz do sol matinal se infiltrava pela janela ao lado da cama, revelando a sobrancelha franzida e o maxilar trincado de Caden. Meu Deus, como ela odiava o modo como seu subconsciente o atormentava.

— Caden? Ei, está tudo bem. Acorda.

Olhos castanhos espantados brilharam para ela e quase não se mexeram por um longo instante.

— Ruiva? — Uma careta se instalou no seu lindo rosto quando ele retomou a consciência. — Droga. Desculpa — disse ele com a voz rouca.

Ela sorriu e balançou a cabeça, ainda acariciando os cabelos castanhos raspados que cercavam a cicatriz do jeito que ele gostava.

— Não tem nada pra se desculpar.

Os braços dele a envolveram, e ele a ajeitou sobre o peito largo, as pernas dela sobre seus quadris nus.

— Maldito pesadelo. — Caden soprou uma respiração. — Odeio isso. Por sua causa.

— Estou aqui com você. — Makenna o beijou, se deleitando, como sempre, com a ponta dos piercings metálicos de picada de aranha espetando os lábios. *E eu te amo.* Embora tenha mantido esse pensamento para si.

Ela percebera há semanas que estava apaixonada por ele, sem volta e para sempre, mas nunca tinha pronunciado as palavras. Alguma coisa dentro dela avisava para não deixá-lo saber — ainda — o quanto seus sentimentos tinham se tornado sérios. Não porque ela achasse que Caden não gostasse dela também. Uma parte dela se preocupava que um homem tão marcado pela perda pudesse se assustar quando percebesse o quanto eles tinham se tornado próximos. Catorze anos tinham se passado desde que ele perdera a mãe e o irmão mais novo, Sean, num acidente de carro que prendeu e feriu Caden e o deixou claustrofóbico, marcado por cicatrizes e sozinho, e essa lembrança ainda o torturava. Como o pesadelo mostrou.

— Não se preocupe com isso.

— Você é boa demais pra mim — disse Caden com a voz áspera, aprofundando o beijo, suas mãos grandes penetrando nos seus cabelos vermelhos bagunçados pelo sono, seu corpo ganhando vida embaixo dela.

Não era a primeira vez que ele dizia algo desse tipo, e o sentimento sempre fazia o centro do peito dela doer. Como Caden não conseguia ver o que ela via: um homem forte e incrível que dedicara a vida a ajudar os outros?

— Nunca — sussurrou ela ao redor do beijo. — Você é tudo pra mim.

Suas palavras desencadearam um gemido no fundo da garganta dele. Caden ergueu a cabeça e buscou seus lábios, mordiscando e puxando e sugando até Makenna estar ardente e excitada.

Os pesadelos não aconteciam toda noite. Surgiam principalmente quando Caden estava estressado com alguma coisa. Não precisava de muito para adivinhar qual poderia ser o motivo do estresse de hoje: a viagem dos dois à Filadélfia para visitar o pai e os irmãos dela no Dia de Ação de Graças. O feriado era quase sagrado para a família dela, com o pai insistindo que todos os quatro filhos fossem para casa para agradecer por tudo o que tinham na vida, especialmente a família.

Mas de jeito nenhum ela poderia ir sem Caden. Não quando a família dele já tinha morrido. E não quando seu coração reivindicava que Caden também era da família.

No momento em que ela falou da viagem pela primeira vez, ele achou que Makenna pretendia ir sem ele, e até disse que ia se oferecer para trabalhar, de modo que os colegas do corpo de bombeiros que tinham família pudessem tirar uma folga. Makenna deixou claro que queria que ele fosse com ela, e provavelmente nunca o vira com a feição tão tomada pelo terror. E ela entendia. Conhecer a família de alguém nunca foi uma tarefa fácil. Mas, como ele tinha visto o quanto passar o dia juntos significava para ela, ele concordou, porque era um homem muito, muito gentil. Assim, eles iam viajar de carro para um fim de semana com peru, recheios e futebol americano com o clã James, dominado pela testosterona.

Caden segurou mais forte os cabelos dela enquanto seus quadris se erguiam.

— Preciso penetrar você. Temos tempo? Por favor, me diz que temos tempo.

Ela sorriu contra os lábios dele, o desejo denso em sua voz como uma onda de calor pelas veias dela. Roçando seu âmago no volume duro de Caden, ela disse:

— Se formos rápidos. — No entanto, verdade seja dita, não precisava muito para convencê-la a ficar nos braços desse homem. Ela estava entregue a esse ponto, e ele era gostoso pra caramba.

Um som como um grunhido retumbou da garganta de Caden.

— Os banquetes de Ação de Graças são feitos pra serem saboreados — ele disse, girando os corpos e a prendendo ao colchão. Ele a ajudou a tirar a calcinha e a camisa do Posto Sete com o sobrenome dele, "GRAYSON", nas costas. Ela a roubara havia algum tempo para dormir — para satisfação dele. E aí ele se manteve em cima dela e passou a ereção bem no ponto onde ela mais precisava dele.

Makenna fez que sim com a cabeça.

— Concordo, mas prefiro não ter que explicar aos meus irmãos por que nos atrasamos. — O que seria um pesadelo. Eles virariam um bando de leões brigando por uma carcaça carnuda, sem desistir até a fazerem contar. Então, como eram um bando de pentelhos quando queriam, passariam o dia inventando todo tipo de comentário maldoso que ela não contasse para os constranger; ela e Caden. De jeito nenhum ela ia deixar isso acontecer. Caden já estava nervoso o suficiente.

A expressão dele escureceu e seus olhos se fecharam só um pouco. O suficiente para revelar o quanto ele estava ansioso pela viagem.

— Eu te quero, Caden — disse ela, na esperança de puxá-lo de volta de onde quer que ele tivesse ido. Ela passou os dedos nas suas costas fortes. — E preciso de você. De qualquer jeito.

As sombras desapareceram do seu rosto, e ele finalmente fez que sim com a cabeça e deu um meio sorriso.

— Com força e rápido, então.

Sim, por favor!

Ele estendeu a mão para a mesa de cabeceira e pegou uma camisinha na gaveta, depois se sentou para colocá-la.

— Adoro com força e rápido — ela sussurrou enquanto o observava. Seu olhar passou pelos músculos destacados do peito e do estômago dele e fez um rastro da tatuagem de rosa amarela no peito esquerdo até a grande tribal preta que envolvia sua lateral. Tudo nele — as tatuagens, os piercings, até as cicatrizes — era tão sexy.

— Então se prepara. — As palavras mal tinham saído dos seus lábios e ele já estava ali, investigando sua entrada, empurrando-se para dentro dela, enchendo-a com aquela sensação de plenitude que a deixava sem fôlego, cheia de desejo, completa. Ele a envolveu e encostou a bochecha na dela. — Tão bom, Makenna. Todas as vezes são boas pra cacete.

Enterrado bem fundo nela, ele devorou sua boca num beijo derretido, depois se afastou, mas manteve o rosto logo acima do dela. Seus quadris balançavam e empurravam e roçavam, acelerando e exigindo que ela engolisse mais dele, todo ele. Caden roubou sua respiração e sua capacidade de pensar e seu coração até que não restasse mais nada dela que ele não possuía. Total e completamente.

As emoções dela ardiam no fundo dos olhos, de modo que tudo o que ela pôde fazer foi agarrar as suas costas e o segurar com força enquanto seus quadris voavam contra os dela. Porque aquilo não era apenas bom, era muito mais.

Como era possível que eles só se conhecessem havia dois meses?

Eles se conheceram depois de passar uma noite presos em um elevador escuro como breu, e o vínculo foi rápido e profundo — construído com uma conversa que revelou o quanto os dois tinham em comum e uma atração física que transcendia as aparências. Se algum dia houve um lado bom de uma situação ruim, tinha sido a liberdade dada pela escuridão para ela o conhecer. E para ele a conhecer. Desde então, eles eram quase inseparáveis.

Makenna não conseguia imaginar sua vida sem Caden Grayson. E esperava nunca precisar.

Uma hora depois, Caden estava sentado na beira do sofá na aconchegante sala de estar de Makenna. Seu joelho balançava. Alguma coisa apertava seu peito. Seus dentes doíam por causa da força com que ele trincava o maxilar.

Que desajustado de merda.

Makenna era tudo o que Caden não era — refinada e extrovertida, capaz de deixar os outros à vontade com seu sorriso caloroso e seu riso franco e solto. Nos dois meses em que estavam juntos, ela abraçou totalmente os amigos, os interesses e o mundo dele — convidando os colegas do corpo de bombeiros para jantar na casa dela, torcendo pelo time de softball e até levando uma grande bandeja de brownies e cookies com gotas de chocolate caseiros na estação. Que inferno, a essa altura, Makenna já tinha todos os colegas dele na mão. E Caden tinha certeza de que os caras olhavam para ele e se perguntavam como tinha tido tanta sorte.

Ele com também se perguntava. Todo santo dia. E tinha certeza de que não poderia durar. Ou não iria. Ele não poderia ser *tão* sortudo. Pelo menos, nunca tinha sido.

Ele balançou a cabeça e soltou um suspiro frustrado.

Na maior parte de sua vida, ele era um solitário que só ficava confortável perto dos caras com quem trabalhava e um pequeno grupo de amigos de longa data. Nos últimos dois meses, Makenna tinha invadido esse pequeno círculo depois de ter derrubado suas barreiras e aceitado todas as besteiras que encontrou antes deles. Ele nunca foi tão feliz na vida. E estava tendo dificuldade para acreditar naquilo.

Em sua experiência, a felicidade não durava. Ao contrário, era arrancada de você quando menos se esperava, afastando você das pessoas amadas e o deixando sozinho. Era por isso que ele nunca tinha buscado um relacionamento sério com uma mulher. Até Makenna. Que era como uma força da natureza com sua honestidade e sua positividade e sua aceitação e seu toque. Ele não conseguiu resistir à tentação de ter uma coisa tão boa que poderia jogar um pouco de luz em toda a sua escuridão.

— Certo, estou pronta — disse Makenna, vindo do quarto para a sala de estar. Estava com um bonito sorriso e um suéter lavanda acima de uma calça jeans sexy apertada enfiada em botas de couro marrom até o joelho. Deus, como ela era bonita. O cabelo vermelho comprido e ondulado com o qual ele adorava brincar caía sobre o rosto e pousava nos ombros. Seus olhos azuis eram a imagem do céu e viam através de todas as máscaras dele. Mas, em vez de achá-lo indigno como ele se achava, o que brilhava naqueles olhos azuis era afeto e aceitação incondicional.

Isso acabava com ele. De verdade. Porque ela olhava para ele e parecia nunca ver todos os defeitos que no fundo ele sentia ter.

— Ótimo — disse Caden, levantando-se e engolindo o gosto amargo no fundo da garganta. Por um lado, ele queria conhecer a família dela. Eles eram importantes para Makenna, e até agora, nesse relacionamento, ele não tinha feito quase nada para conhecer seus amigos e as pessoas de que ela mais gostava. Ele devia isso a ela e queria ser homem o suficiente — ao menos uma vez — para entrar numa sala cheia de desconhecidos e agir como a porra de um ser humano normal.

Por outro lado, Caden estava muito longe de ser normal. Pessoas novas o deixavam nervoso pra cacete, e ele era péssimo em conversa fiada. Ele nunca sabia o que dizer, então se fechava ou acabava falando merda. De qualquer jeito, ele parecia um idiota antissocial. Por mais que amasse suas tatuagens e seus piercings faciais por uma série de razões, ele não podia negar que ficava triste com o fato de sua aparência assustar algumas pessoas. Porque estar sozinho era muito melhor do que ser rejeitado, largado ou abandonado.

Já passei por isso e tenho as marcas para provar. Muito obrigado.

Makenna se aproximou dele e envolveu os braços na sua cintura.

— Você está muito bonito, sr. Grayson. — O sorriso dela aqueceu seu coração, e caramba, seu toque o ajudava a respirar. Foi assim desde o início com Makenna: a presença dela aliviava sua ansiedade. Ele nunca teve isso com outra pessoa. Nunca pensou que fosse possível. — Espero que não esteja usando mangas compridas pra cobrir suas tatuagens.

Ele estava, embora a tatuagem de dragão se estendesse até o dorso da mão direita, então não havia muita coisa que ele pudesse fazer em relação a isso. E eles já haviam conversado sobre os piercings — Makenna não queria que ele os tirasse para a visita, embora ele tivesse oferecido.

— Eu só queria ficar com uma boa aparência.

Ainda segurando uma de suas mãos, ela deu um passo para trás e o olhou de cima a baixo bem devagar. Seu olhar passou pela calça social preta e pela camisa social cinza carvão, umas das peças mais arrumadas que ele tinha. Sendo um cara que usava camiseta e calça jeans e trabalhava de uniforme, Caden não usava muito roupas sociais.

— Tão lindo que estou tentada a tirar tudo isso de novo. — O sorriso dela era pura tentação. — Mas, sério, quero que você fique à vontade. Tá bom?

Soltando a respiração, ele desabotoou uma manga e a enrolou. Repetiu isso no outro braço, revelando todo o dragão. Já estava melhor. Empolgado, ele abriu outro botão no colarinho. Muito melhor.

— Pronto. — Ele lhe deu um sorriso hesitante.

— Perfeito. E não se preocupe. Eles vão amar você. Eu prometo.

Ele não conseguiu impedir que a sobrancelha arqueasse. Difícil pra cacete.

— Se você está dizendo, Ruiva. — Ele colocou um cacho sedoso atrás de sua orelha. O cabelo de Makenna tinha sido a primeira coisa que ele reparou nela.

Sorrindo, ela acenou com a cabeça.

— É verdade. Além disso, como você é paramédico e Patrick é policial, acho que vocês vão ter muita coisa em comum pra conversar. Todos eles também adoram filmes de humor idiotas. Então, vai ser como nós dois curtindo. Só que com mais pênis. — Ficando na ponta dos pés, ela pressionou seu corpo no dele e o abraçou com força.

Rindo, Caden a cafungou, e o perfume dela fez seus ombros relaxarem e sua pulsação desacelerar. *Recomponha-se, Grayson. Ela precisa disso.*

— Então, vamos lá — ele disse, forçando na voz o máximo de entusiasmo que conseguiu.

— Oba — disse ela com um sorriso radiante. — Vai ser ótimo.

Concordando com a cabeça, Caden pegou as malas e as colocou sobre o ombro enquanto Makenna pegava algumas coisas na geladeira. Talvez ele pudesse encarar esse fim de semana da mesma forma como encarava uma saída na ambulância. Quando o posto recebia um chamado, Caden conseguia se concentrar naquele problema, de forma que bloqueava todas as outras merdas. Nesses momentos, tudo o que importava era a pessoa em perigo e o que ele poderia fazer para aliviar sua dor e salvar sua vida. Assim como alguém tinha feito por ele.

Claro que ele podia se concentrar, se recompor e fazer isso por Makenna.

— Claro que vai ser ótimo — disse ele —, eu estarei com você.

2

— Então, me conta dos chamados estranhos que você já atendeu — disse Makenna sorrindo para Caden. Meu Deus, como ele ficava sexy no banco do motorista do jipe preto, suas mãos grandes segurando o volante de couro. Embora estivessem indo visitar a família dela, era ele quem dirigia; ele achava o carro dela, um pequeno Prius prateado, mais apertado do que ele poderia aguentar. Estavam a meio caminho entre a casa dela em Arlington e a casa de seu pai na Filadélfia e, como sempre, nunca tinham problemas para encontrar assuntos para conversar. Caramba, isso foi uma das coisas que a atraiu em Caden, para começar.

— Houve mais do que alguns estranhos ao longo dos anos — disse Caden, dando um sorrisinho ao olhar para ela. — Vejamos. Teve a mulher que ficou com a mão presa no triturador de lixo. O suéter dela prendeu numa parte do mecanismo interno. Era de caxemira, e ela ficou muito irritada porque tivemos que cortá-lo.

Makenna fez uma careta.

— Por que ela colocou a mão no triturador de lixo?

— Deixou um anel cair pelo ralo — disse ele dando de ombros. — Mas nós o encontramos. — Ele franziu os lábios, e seus olhos se estreitaram. — Ah. E uma vez recebemos uma ligação de uma mulher que ouvia um homem berrando do outro lado da parede do apartamento. Chegamos lá com a polícia dez minutos depois, e ele estava bem. Na verdade, ele estava, hum, com uma superdor de barriga e com dificuldade pra... ir ao banheiro.

Makenna explodiu numa gargalhada.

— Que nojo. Ele deve ter ficado tão envergonhado.

Caden riu.

— Não sei. Acho que a mulher que fez a ligação ficou com mais vergonha que ele. Quando chegamos lá, ela saiu no corredor com a gente porque estava muito preocupada com o cara.

— Esse é um belo caso de excesso de informação — disse Makenna, curtindo a conversa. Ser paramédico significava que Caden enfrentava muitas situações intensas e muitas vezes trágicas, sobre as quais ele nem sempre queria falar quando chegava em casa depois de um turno. Então foi bom saber mais sobre esse lado dele.

Com um sorriso tão largo que fez suas covinhas aparecerem, Caden fez que sim com a cabeça. Makenna adorava o jeito como sorrir fazia o rosto dele parecer muito mais jovem e relaxado. Com a cicatriz na cabeça, o V do cabelo raspado e os piercings no lábio e na sobrancelha, seu rosto podia parecer bruto, talvez até intimidador. Menos quando ele sorria.

— E teve o cara que ligou porque achou que o pênis ia explodir. Descobrimos que ele pegou Viagra emprestado sem receita médica e tomou três de uma vez só. Quatro dias depois, ainda estava com uma ereção.

— Ah, meu Deus. Qual é o problema dessas pessoas? — Makenna riu e se virou no assento em direção a Caden.

— Não sei. — Caden piscou. — Você ficaria surpresa com a quantidade de ligações esquisitas que recebemos. E o pessoal do atendimento recebe os chamados mais estranhos de todos. As pessoas ligam pra reclamar que restaurantes de fast food erraram os pedidos, ou pra perguntar se a polícia pode ir a uma sala de cinema e atrasar o início da sessão porque estão presos no trânsito, ou pra saber a previsão do tempo. Um senhor ligou porque achou que sua casa de repente tinha começado a apresentar batimento cardíaco. Na verdade, seus novos vizinhos de porta faziam parte de uma banda e ele estava ouvindo a bateria. Ah, e teve uma senhora que ligou porque o marido de setenta e dois anos queria apimentar a vida sexual fazendo um *ménage*. Ela queria que ele fosse preso.

— Nossa. — Makenna balançou a cabeça. — Acho que liguei pro serviço de emergência apenas uma vez na vida, e foi quando alguém no metrô pensou que estava tendo um ataque cardíaco. Mesmo assim, fiquei nervosa ao discar esses números.

— Bom, é assim que deveria ser — disse Caden. — Muitas ligações pro 911 não são emergências.

Makenna estendeu a mão e entrelaçou os dedos nos de Caden. As mãos unidas ficaram apoiadas na coxa dele, dando a ela uma visão do dragão tatuado no dorso da mão direita.

— Tudo bem, agora me conta alguns chamados muito legais que você atendeu.

— Fiz o parto de três bebês — ele disse com um sorrisinho nos lábios. — Esses foram os meus preferidos. É muito incrível fazer parte disso, ver uma vida chegando ao mundo. Sabe? Um dos casais batizou o filho de Grayson.

A boca de Makenna se abriu.

— Ah, Caden. Isso é tão especial. Não consigo imaginar como seria assustador saber que um bebê estava chegando e não conseguir chegar ao hospital. — Por um instante, a imaginação de Makenna disparou com a imagem desse homem musculoso, tatuado, cheio de piercings e cicatrizes segurando um recém-nascido com aquelas mãos enormes. Que visão. Ela sorriu.

— Foi — disse ele com um aceno de cabeça. — Eu também cuidei de vários gatos e cães ao longo dos anos, principalmente animais de estimação que ficaram encurralados em incêndios domésticos. Só pra estabilizá-los até chegarem ao veterinário. Mas as pessoas sempre ficam gratas por isso.

— Ai, meu coração — disse Makenna apertando a mão dele. — Se eu já não... gostasse de você, teria sido conquistada com suas histórias sobre bebês e cachorros. — Ela olhou através do para-brisa para o céu azul ensolarado com a esperança de que ele não tivesse notado o jeito como ela havia tropeçado nas palavras. Ela quase dissera que o amava. Nos últimos dias, esse sentimento estava dominando seu pensamento.

Ele deu um sorriso travesso para ela.

— Como você acha que o Bear pega tantas garotas? — Isaac Barrett era bombeiro no posto de Caden, e talvez fosse o maior pegador que ela já conheceu. Mas também era doce, engraçado e leal e tiraria a própria roupa para dar a alguém, e Makenna gostava muito dele.

— Ah, está explicado — disse ela.

— Basicamente. — Ele levou as mãos entrelaçadas até a boca e deu um beijo nos nós dos dedos dela.

O calor atravessou o peito e o sangue de Makenna na mesma medida.

Ainda de mãos dadas, eles ficaram num silêncio confortável. O olhar de Makenna registrou o que podia ver da tatuagem de dragão de Caden, aquela que ele tinha feito para se lembrar de não deixar o medo dominar sua vida. Ela realmente admirava o significado por trás das várias tatuagens dele, tanto que estava pensando em fazer uma também. Muito. A ideia provocava borboletas em seu estômago. Ela sempre foi uma garota comportada que seguia regras, por isso nunca tinha pensado em fazer uma tatuagem antes de conhecer Caden. Mas, inspirada pelo modo como ele celebrava na pele aqueles que amava e tinha perdido, Makenna tinha passado a considerar alguns desenhos nas últimas semanas.

Eu quero. O pensamento veio firme e seguro, e no fundo ela tinha certeza.

— Então, adivinha no que eu tenho pensado?

— Em quê? — perguntou ele, a sobrancelha perfurada se arqueando enquanto dava uma olhadela nela.

Isso fez com que ela sentisse vontade de mexer no pequeno piercing preto de haltere com a língua. Ela sentiu um frio na barriga quando deu voz à ideia.

— Em fazer uma tatuagem.

O olhar de Caden se voltou na direção dela, suas sobrancelhas caídas em cima dos olhos escuros.

— Sério?

Ela sorriu e mordeu o lábio.

— É. Eu amo as suas e, quanto mais eu penso, mais quero fazer.

— Que tipo você quer? — ele perguntou, seu olhar se arrastando sobre ela com tanto ardor que aquilo mais parecia uma carícia física.

— Estive pensando numa árvore genealógica celta. A que eu mais gosto tem a forma de um círculo, e a árvore e o chão são feitos de nós celtas. Alguns desenhos colocam as iniciais abaixo do chão ou as entrelaçam nos ramos, e isso também é legal. Olha — disse ela, arrastando o dedo na tela do celular. Ela abriu uma imagem que tinha salvado em sua galeria e segurou no alto para que Caden pudesse ver. — Essa é uma versão.

Os olhos de Caden se alternavam entre o celular e a estrada à frente.

— Gostei — ele disse contido. — Muito. Quanta certeza você tem de que quer fazer a tatuagem?

— Muita — respondeu ela. — Tenho pensado muito na ideia ultimamente. Era só uma questão de escolher o desenho. Eu queria que significasse alguma coisa, como as suas. Aí eu pensei no que é mais importante pra mim no mundo, e é a família. Depois que decidi e encontrei esses desenhos, finalmente tive certeza. Mas você vai comigo se eu for fazer?

Ele lançou um rápido olhar para ela.

— Se você quer, te levo no meu tatuador. Ele é o melhor de todos. E é claro que estarei lá. Num piscar de olhos, Ruiva.

Ela sorriu e acenou com a cabeça. A presença de Caden ajudaria a acalmar seus nervos.

— Ótimo — disse ela. — Que tal semana que vem?

— É só pedir — disse Caden. — E eu combino com ele.

Makenna soltou o cinto de segurança, esticou-se sobre o console central e deu um beijo demorado na bochecha, no queixo e no pescoço de Caden, deixando a língua se esgueirar para sentir o gosto dele. Ele cheirava bem, a sabonete e hortelã e alguma coisa picante que era puro Caden.

Ele gemeu e se inclinou em direção ao toque.

— Porra, Makenna — ele sussurrou. — Não quero que você pare, mas quero muito que você coloque o cinto de segurança de novo.

Ela terminou dando uma lambida no lóbulo da orelha dele e se acomodou no seu lado.

— Desculpa — ela disse com o clique da fivela. — Eu só estava agradecendo.

Ele deu uma risadinha.

— Bom, definitivamente vamos ter que esperar. Você não pode colocar imagens de você tatuada na minha cabeça e depois me beijar desse jeito enquanto estou dirigindo.

— Por que não? — ela perguntou, mordendo o lábio para tentar conter o sorriso que se insinuava. Caramba, o tom da voz dele a fez desejar que ele *não estivesse* dirigindo. Porque ela poderia pensar em outros usos muito bons para as mãos dele...

O olhar que ele lançou para ela — cheio de desejo e frustração — disparou um calor sobre sua pele.

— Porque isso me deixa louco. E não posso fazer nada. — Ele ajeitou os quadris no assento, atraindo o olhar de Makenna para baixo, até a protuberância que se formava na frente da calça social.

Lentamente, ela passou a mão pelo peito e pela barriga dele, até o colo.

— *Ruiva* — ele disse com a voz rouca, o olhar se abaixando para ver a mão dela esfregar e agarrar apenas por um instante. Meu Deus, ele era uma delícia. Com os olhos de volta na estrada, Caden balançou a cabeça e agarrou a mão dela, segurando-a numa bola contra o peito. — Não vou arriscar bater o carro com você nele. — Ele lançou outro daqueles olhares quentes para ela. — Mas é bom você saber que vamos continuar mais tarde.

Caden sabia o que Makenna estava fazendo. Durante as últimas duas horas e meia, ela o manteve falando sem parar. Sobre o trabalho. Sobre tatuagens. Sobre o Natal. Ela o provocou e o fez rir e manteve sua mente longe de onde eles estavam indo e o que ele estava prestes a fazer, ou seja, conhecer sua família. O que, é claro, significava que ela havia percebido o quanto ele estava ansioso. E isso era uma droga.

Porque ele não queria que ela tivesse que se preocupar com essas coisas e porque ela estava certa.

Seguindo suas instruções, ele saiu da estrada para um subúrbio ao sul da Filadélfia.

— Faltam menos de quinze minutos — disse ela com a voz entusiasmada.

Caden fez que sim com a cabeça e tentou pra caramba ignorar a tensão nos ombros, a contração nas entranhas e o aperto no peito. E, cara, como ele odiava o fato de essas reações serem tão familiares. Desde o acidente que havia matado metade da sua família e o deixado sozinho com um pai amargo, irritado e casca grossa aos quatorze anos, o corpo de Caden sempre reagia ao estresse dessa maneira. Trabalhando com um terapeuta anos atrás, ele tinha superado o pior do transtorno do estresse pós-traumático e da ansiedade, e tinha algumas técnicas para combater a última quando ela atacava, mas não conseguia impedi-la nem fazê-la desaparecer completamente.

Caden nunca poderia ser simplesmente normal.

Isso era algo que ele poderia tolerar quando só tinha impacto sobre ele, mas que odiava por causa de Makenna.

Segurando o volante como se o estrangulasse, Caden fez uma contagem regressiva silenciosa a partir de dez, tentando se lembrar das técnicas de respiração, tentando evitar uma porra de um surto antes mesmo de chegarem. A última coisa que ele queria fazer era envergonhar Makenna na frente da família dela. Ou envergonhar a si mesmo.

Era de vital importância que eles também gostassem dele — que o *aceitassem*.

Porque Caden estava se apaixonando por Makenna. Com força. Que inferno, ele já a amava pelo menos um pouco na primeira noite que haviam passado juntos. Ela o impedira de ter um ataque de pânico enquanto estavam presos naquele elevador escuro, que representava quase todos os seus piores pesadelos. E, quando ela o convidou para entrar — na sua casa, na sua cama, no seu corpo, durante a primeira noite que ele passou nos braços de outra pessoa, ele provavelmente já tinha se apaixonado.

Agora, depois de dois meses com ela, depois de dois meses sem estar sozinho em todos os sentidos que uma pessoa poderia ficar — por causa dela —, Caden sentia como se estivesse à beira de um abismo. Mais um passo e ele cairia de cabeça num precipício do qual nunca mais retornaria.

E, porra, isso o assustava absurdamente.

Porque ele sabia muito bem quão rápida e inesperadamente aqueles que ele mais amava poderiam ser tirados dele. Num maldito piscar de olhos. E ele não teria nenhum poder de decisão. Ele nem sequer veria a tragédia e o sofrimento se aproximando. Como quando ele tinha catorze anos.

Jesus, Caden. Agora você não está ajudando.

Ele respirou fundo e obrigou os dedos a afrouxarem no volante. Não, pensar em perder Makenna não estava ajudando seu estado de espírito em nada.

— Ei — disse ela apertando sua coxa. — Obrigado por vir pra casa comigo.

O sorriso que ela lhe deu era tão suave e bonito. Tirou um pouco da ansiedade que crescia dentro dele. Ele poderia fazer isso. Ele *iria* fazer isso. Por ela.

— De nada. Gostei de você ter me convidado. — E era verdade. Apesar de toda a agitação em sua cabeça, significava muito ela querer estar com ele no Dia de Ação de Graças. Era bom não ficar sozinho em um feriado festivo, pra variar. Que inferno, era bom estar comemorando. Sua mãe sempre foi a vida da família e, depois que ela morreu, o que restou da família Grayson morreu com ela.

Depois que ela se foi, a casa de Caden nunca mais viu outra árvore de Natal, nunca assou outro peru e nunca teve outra cesta esperando na mesa da sala na manhã de Páscoa. Mesmo quando ele e Sean ficaram muito velhos para cestas e Papai Noel, ela ainda etiquetava presentes como "do Papai Noel" e enchia cestas que insistia que o Coelhinho da Páscoa tinha entregado.

Assim, ser incluído na comemoração de Ação de Graças da família de Makenna significava mais do que Caden poderia expressar.

Pouco tempo depois, Makenna o orientava a entrar em um majestoso bairro cheio de casas grandes e antigas, com gramados bem cuidados e árvores altas e adultas. A maioria das casas era de calcário cinza e ficava recuada das ruas estreitas, dando espaço na frente para amplas varandas cobertas e jardins vazios por causa do inverno. Coroas de Natal e guirlandas de ramos de pinheiro e azevinho já adornavam as portas e janelas de algumas casas, tornando o bairro ainda mais pitoresco.

De repente, a curiosidade substituiu parte da ansiedade que percorria o corpo de Caden. Porque tudo isso representava uma parte de Makenna que ele não conhecia. Ele a ouvira falar sobre o pai e os irmãos, é claro, e sabia que a mãe tinha morrido quando Makenna era pequena, mas ouvir histórias e *ver*, de fato, de onde ela vinha eram duas coisas diferentes.

— Minha casa fica aqui na esquina. Vire à direita, a entrada da garagem é na lateral — disse Makenna.

Caden parou em uma vaga na frente da casa e se inclinou para olhar pela janela lateral de Makenna. De calcário cinza, o lugar era lindo. Três andares com uma varanda para cadeiras de balanço, janelas flanqueadas por persianas pretas e grandes chaminés de pedra. Uma bandeira dos Estados Unidos flutuava do seu mastro com a brisa fresca em uma das colunas cinza da varanda.

— Foi aqui que você cresceu? — perguntou ele.

— Foi — ela respondeu, sorrindo para ele.

Caden encontrou seu olhar e adorou a felicidade que viu nele. Bem, ele amava muito mais que isso, né? Mesmo que não tivesse examinado aquela realidade muito de perto.

— É muito legal.

Ela olhou pela janela.

— Foi um lugar maravilhoso para crescer. Só de estar aqui eu já sinto o calor e emoções.

Bip-bip.

O olhar de Caden voou para o retrovisor e encontrou um carro parado atrás dele.

— Ops — disse ele, e virou à direita.

Makenna deu uma risadinha.

— Não se preocupe com isso. Ah, estaciona na rua — disse ela, quando viram que quatro carros já ocupavam a maior parte da entrada da garagem de dois carros.

Caden guiou o jipe para o meio-fio e desligou o motor.

— Parece que meus irmãos estão todos aqui, mas não sei de quem é o Beemer — comentou, encolhendo os ombros. Quando se virou para ele, estava com um sorriso tão cheio de empolgação e expectativa que ele nem acreditou que ela ainda estava sentada.

— Pronto pra conhecer todo mundo?

Naquele momento, ele só queria fazê-la feliz, por isso concordou com a cabeça.

— Mais pronto que nunca.

Agora ele só esperava não foder com tudo.

3

— Cheguei! — gritou Makenna enquanto empurrava a porta dos fundos que dava no vestíbulo retangular. Um grande banco com ganchos ocupava uma parede, e Makenna colocou a jarra de sangria de maçã e a travessa de rocambole de abóbora no banco enquanto pendurava o casaco. Caden pôs as malas no chão e fez o mesmo. A casa cheirava a peru assado com um recheio saboroso e canela, e era tão acolhedora que seu coração se apertou com a vontade de ver o pai e os irmãos.

Seu pai correu para a porta que levava à cozinha.

— Aí está meu amendoim.

Makenna riu.

— Pai — ela falou enquanto se abraçavam. Ela não se importava com o apelido antigo. Não muito. E, ah, como era bom vê-lo. Ela se afastou do abraço e o observou — o cabelo castanho tinha um pouco mais de cinza desde que ela o vira pela última vez no verão, mas, tirando isso, estava exatamente igual. Olhos azuis brilhantes. Rugas de risada por uma vida inteira de bom humor. E usando o antigo avental com uma imagem de peito de peru e a frase "*Sou um homem de peito!*" que seus irmãos acharam que era um presente hilário há pelo menos dez anos.

— Quero que você conheça o Caden — disse ela, dando um

passo para o lado para deixar os homens se cumprimentarem com um aperto de mão.

— Caden Grayson, senhor — disse ele enquanto apertava a mão do pai dela. Makenna percebeu o nervosismo na voz de Caden, mas não duvidava nem um pouco da habilidade do pai em deixá-lo à vontade. — Feliz Dia de Ação de Graças.

— Pra você também. Me chama de Mike. — O pai dela abraçou o ombro de Caden e o guiou até a cozinha. — O que você quer beber? — ele perguntou, depois citou uma longa lista de bebidas.

— Uma Coca-Cola cairia bem — disse Caden de pé ao lado da grande ilha no centro da cozinha aberta e arejada.

Makenna entrou com suas contribuições para o jantar e as colocou na bancada. Os armários brancos rústicos, os balcões de granito cor de mel e o piso quente de madeira sempre fizeram deste seu cômodo preferido na casa. Mas, cara, ela gostava ainda mais com Caden ali.

— Eu pego — disse Makenna sorrindo para si mesma enquanto se inclinava para dentro da geladeira. Tudo era melhor com Caden.

Seu pai os envolveu numa conversa casual sobre o trânsito e o clima bom que estava fazendo, e por quanto tempo o peru ainda tinha que assar, e Makenna percebeu a tensão escoando dos ombros de Caden. Ela cobriu com sua mão a dele, que estava apoiada na bancada.

Seu pai percebeu casualmente o gesto, mas não reagiu. Embora ela tivesse contado tudo sobre Caden ao pai, ela nunca tinha levado um homem para casa, então isso era novidade para os dois.

— Então, Caden, Makenna me disse que você é paramédico. Como é isso?

— É... — Caden franziu a testa por um longo momento. — É diferente todos os dias, dependendo dos chamados que recebemos. Às vezes são horas parado na estação, mas na maioria dos dias, você mal consegue recuperar o fôlego correndo entre um chamado e outro. Dependendo da gravidade da situação, pode ser difícil e estressante, mas normalmente é um privilégio incrível estar lá pra ajudar alguém num momento de grande necessidade.

O coração de Makenna inchou com a paixão em sua voz. Apesar de tudo o que ele tinha vivido — não só o acidente e a perda da mãe e do irmão, mas também conviver com o transtorno de estresse pós-traumático e ter um pai que não o apoiava —, Caden era um homem tão doce e bom. Dois meses atrás, ele tinha segurado a porta do elevador para ela quando nada mais no seu dia tinha dado certo, e ela o chamara de Bom Samaritano. Naquela época, ela não sabia nem metade da história.

Seu pai acenou com a cabeça enquanto tirava um grande prato de um armário, e Makenna percebeu que a consideração na resposta de Caden o impressionara.

— Tenho muito respeito pelos socorristas. Vocês estão lá na linha de frente.

— Depois que um desconhecido aparece pra ajudar em seu momento mais sombrio, o mínimo que você pode fazer é estar presente para outra pessoa no dela — disse Caden em voz baixa. — Eu sempre achei que precisava retribuir.

Makenna colocou o braço ao redor da cintura de Caden. Uma parte dela não conseguia acreditar que ele tinha falado aquilo, porque sabia que ele não gostava de falar sobre si mesmo. E ficou tão orgulhosa que precisou de todas as forças para não puxar o seu rosto e dar um beijo. Mas talvez fosse melhor não assustar o pai quinze minutos depois de chegar.

— Makenna me contou sobre o acidente — disse seu pai tomando um gole de uma garrafa de cerveja. — Fiquei triste ao saber. É muito pra uma criança encarar. Mas eu diria que você está deixando sua família orgulhosa.

Caden acenou firmemente com a cabeça e olhou para baixo, ficando de repente muito interessado na lata de Coca-Cola.

Ela o apertou com mais força, seu pai estava certo. Mas Makenna mudou de assunto porque sabia que a atenção — e o elogio — provavelmente o deixaram desconfortável.

— Onde estão os meninos? — perguntou, se movimentando para encher um cálice com sangria. Cheia de maçãs, canela e especiarias, era como o outono numa taça. Deliciosa.

— Lá embaixo, na sala de jogos — respondeu o pai, olhando dentro do forno para verificar o peru. — Vendo futebol americano, acho. — Depois que a mãe de Makenna morreu de câncer de mama quando ela tinha três anos, o pai assumiu as tarefas que ela costumava fazer, inclusive cozinhar. E ele também era bom. Não que ela se lembrasse muito da mãe. De todos eles, Patrick trazia mais lembranças dela, porque tinha dez anos quando a perderam. Mas até as recordações dele eram quase todas fracas e indistintas, o que explicava a razão de ela e os irmãos venerarem o pai. Ele tinha sido tudo para eles.

— Ah, e você não foi a única a trazer companhia pra casa. — Seu pai sorriu, feliz por saber de uma coisa que ela não sabia.

— Quem mais trouxe alguém? — perguntou ela. Patrick era casado com o departamento de polícia, então ela sabia que não era ele, e não tinha ouvido falar de Ian ou Collin namorando alguém. Que diabos?

— Quer adivinhar? — perguntou o pai enquanto tirava dois tabuleiros de aperitivos do segundo forno. Ele os colocou na bancada.

— Não! — disse Makenna. — Fala logo.

Seu pai sorriu e colocou os enroladinhos de ovo e de salsicha e os pastéis de espinafre e alcachofra em uma travessa.

— Collin.

Seu irmão mais novo trouxe companhia? Puta merda.

— Alguém da faculdade? — perguntou Makenna.

Seu pai fez que sim com a cabeça.

— Shima. Ela é um amor. Você deveria ver se ela está sobrevivendo aos seus irmãos e apresentar o Caden. — Com cuidado, ele deu uma mordida num dos enroladinhos de ovo. — E pode levar isso lá para baixo pra mim? — pediu, batendo na borda do prato.

Makenna pegou uma pilha de pratos de papel e guardanapos.

— Você sabia que ela viria?

— Não. Foi surpresa. — O pai deu de ombros. — Nas festas, quanto mais melhor.

Concordando com a cabeça, Makenna pegou os aperitivos.

— Deixa que eu levo — disse Caden.

— Foi ótimo te conhecer, Caden — disse o pai. — *Mi casa es su casa.* Então, enquanto estiver aqui, sinta-se totalmente em casa. — Makenna lançou um sorriso grato para o pai por acolher Caden, o que ela não tinha dúvidas de que ele faria.

— Eu agradeço, Mike — disse Caden, seguindo Makenna pela sala e entrando no corredor.

No topo da escada do porão, ela virou para ele sorrindo.

— Lembre-se: não sou responsável pelos cretinos que você está prestes a conhecer.

— Recado recebido — disse Caden dando uma piscada para ela. Se fossem parecidos com Mike, talvez ele sobrevivesse ao fim de semana. Ele a seguiu descendo a escada.

A sala familiar no porão era um espaço grande e confortável com sofás e cadeiras estofadas agrupadas diante de uma grande televisão de tela plana. Na ponta mais distante, havia uma velha mesa de *air hockey*. Mas Caden não teve tempo de ver mais que isso antes de cinco pares de olhos se fixarem neles.

— Oi — disse Makenna respondendo a uma rodada de cumprimentos. Seus irmãos, com vários tons de cabelo vermelho, levantaram-se para abraçá-la. Deixando de fora um quarto cara com cabelo louro e bonito como um boneco Ken, que Caden não conhecia. Makenna pegou a bandeja de aperitivos das mãos de Caden enquanto dizia: — Hum, pessoal, este é Caden Grayson. — Ela apresentou os irmãos, mas de repente parecia nervosa.

— Sou Patrick — disse o primeiro irmão estendendo a mão. Era o mais velho da família James; sete anos mais velho que

Makenna, se Caden se lembrava bem. Alto, com cabelo castanho--avermelhado e barba cerrada, deu um sorriso amigável enquanto os dois apertavam as mãos.

— Prazer em conhecê-lo, Patrick. Ouvi muito sobre você — disse Caden.

— Sou Ian — disse o próximo irmão com uma expressão não tão amigável. Ele se afastou do aperto de mão rapidamente e foi conversar com o misterioso homem louro, que Makenna estava encarando com a cara fechada.

O último irmão tinha o cabelo vermelho mais forte, tão vermelho que era quase laranja.

— Caden, sou Collin, e esta é minha namorada, Shima — disse ele com um amigável sorriso aberto. Caden apertou a mão dos dois.

Shima jogou o elegante cabelo preto por sobre o ombro e deu um sorriso conspiratório.

— A gente pode se apoiar hoje, se o clã James decidir se juntar contra os recém-chegados.

Caden deu uma risadinha.

— Combinado.

— O papai fez uns aperitivos — disse Makenna, servindo a todos antes de colocar a bandeja na mesa de centro. — Cai dentro, pessoal. — Quando se ergueu, ela disse: — Cameron, oi. Nossa. Quanto tempo faz?

O homem de cabelo louro se aproximou dela com um sorriso do qual Caden não gostou. Um sorriso interessado. Quem era esse cara, e por que Makenna parecia infeliz em vê-lo?

— Tempo demais, Makenna. Você está ótima. — Ele lhe deu um grande abraço demorado. Quando o cara finalmente a soltou, ele puxou de brincadeira, com intimidade, a ponta de uma mecha de cabelo dela. — Você não mudou nada.

Com uma risinho, Makenna recuou.

— Ah, não sei, não. — Ela estendeu a mão para Caden. — Cam, este é Caden Grayson.

Cameron deu uma olhada rápida para avaliar Caden que imediatamente fez os dentes dele se apertarem. Eles se cumprimentaram com um aperto de mão rápido e superficial, e Caden não pôde deixar de se perguntar por que o clima tinha ficado tão gelado.

Em pé com Ian ao seu lado, Cameron perguntou:

— O que você faz, Caden?

— Sou paramédico — respondeu Caden. — E você?

— Sou residente de cardiologia na Penn — disse ele.

— Impressionante — disse Caden, tomando um gole da lata de Coca-Cola. Um médico. Não um médico qualquer, mas um especialista. Claro.

— Obrigado. Você tem interesse em estudar medicina? — perguntou Cameron.

— Não — respondeu Caden. — Paramédico é exatamente o que eu sempre quis ser. — E era verdade. Quando ele era mais novo, pensou em estudar medicina durante uns cinco segundos, mas o que ele mais queria era ajudar pessoas em crise como alguém havia feito por ele: nas ruas, onde as coisas estavam péssimas, as situações ainda estavam evoluindo e o tratamento pré-hospitalar fazia a diferença entre a vida e a morte. Além disso, ele não queria passar tantos anos na faculdade. Não tinha paciência.

— Hum — disse Cameron, dando de ombros. — Bom pra você. — Sua resposta provocou o último nervo saudável de Caden. Por que o cara o fazia se sentir em uma competição da qual ele não sabia que estava participando?

Patrick se juntou ao grupo deles.

— Você trabalha em Arlington, né?

Caden fez que sim com a cabeça, feliz por se livrar de Cameron.

— Isso.

— Alguma chance de você conhecer Tony Anselmi? Policial do condado de Arlington. Estudei com ele no ensino médio — disse Patrick.

— Sim — disse Caden com um sorriso. — Nossos caminhos se cruzam. Eu o vi pela última vez há umas três semanas. —

Enquanto ele e Patrick entraram numa conversa sobre Tony e seus respectivos empregos, Caden manteve metade da atenção na conversa entre Makenna, Cameron e Ian.

— Você ainda digere números? — perguntou Cameron a ela. Caden pensou se realmente estava percebendo um pouco de condescendência no tom do cara ou se estava imaginando isso só porque ele o irritou do jeito errado.

— Ahã — respondeu Makenna. — Você ainda brinca com o coração das pessoas?

Cameron caiu numa gargalhada.

— Caramba, Makenna — disse Ian.

— Que foi? Ele é cardiologista — disse ela.

— Tudo bem, tudo bem — disse Cameron. Ele inclinou a garrafa de cerveja para ela como para brindar. — *Touché.*

Sorrindo, Makenna balançou a cabeça e tomou um gole de sangria.

Em pouco tempo, todos se instalaram nos sofás e cadeiras para assistir ao futebol americano, com o qual Caden nunca tinha se empolgado, embora não se importasse de assistir. Patrick se sentou em uma das grandes poltronas de couro, e Ian, Collin e Shima foram para um dos sofás. Isso deixou Caden, Makenna e Cameron no outro sofá. Ela se sentou primeiro, deixando Caden e Cameron um de cada lado. Fantástico.

— Há quanto tempo vocês dois estão namorando? — perguntou Ian.

Makenna colocou a mão na coxa de Caden, e ele gostou pra caramba desse gesto de posse.

— Pouco mais de dois meses — ela disse. Makenna deu um sorriso para Caden e, por cima do ombro dela, ele viu Cameron e Ian trocarem um olhar. Que diabos é isso? Será que ele estava imaginando essa merda? Quem era esse cara, afinal?

— E você? — indagou Makenna olhando para Collin e Shima. — Há quanto tempo estão namorando?

O casal trocou sorrisos, e Collin respondeu:

— Desde o fim do verão. Nos conhecemos quando começamos o programa de mestrado, mas ficamos juntos na festa de boas-vindas, em agosto.

— É bom quando alunos de mestrado namoram outros alunos — disse Shima. — Porque assim não aborrecemos outras pessoas com a nossa conversa sobre política externa.

Caden sorriu. Ele gostou de Shima e estava contente por ela estar lá.

— Ian, Makenna me disse que você é engenheiro. Em que tipo de coisa você trabalha? — perguntou ele, esperando agradar ao irmão James do meio.

— Sou engenheiro civil na cidade da Filadélfia — disse ele. — Eu me concentro principalmente em projetos de estradas, pontes e túneis.

— Então é tudo culpa *sua* — disse Patrick com um sorriso maldoso.

Ian mostrou o dedo do meio para ele enquanto todos riam.

— Sério — disse Patrick, estendendo a mão para Caden. — Você dirige muito pela Filadélfia? — Caden negou com a cabeça. Quando ele era criança, sua família costumava fazer viagens para todos os lugares, mas, desde o acidente, Caden não viajou muito para fora da região de Washington, D.C. — Olha, confia em mim, dirigir na Filadélfia é uma merda. Eu sei porque faço isso todos os dias.

— Tá, tá, tá — disse Ian encarando o irmão. — A mesma merda todo dia.

— Cameron — disse Shima —, qual é a sua ligação com a família James? — Caden queria chamá-la para um high-five por ter perguntado.

— Esse babaca é o meu melhor amigo — respondeu Cameron apontando para Ian. — Desde a escola. — Pausa. — E Makenna e eu namoramos por... — Ele olhou para ela com um sorriso. — Três anos?

Namorou? Três anos? Caden olhou para Cameron, que estava com uma cara de satisfação que mostrava que ele sabia que Caden não conhecia o passado dos dois. E estava certo.

— Ah, é — disse Makenna. — Três anos.

Três anos. Caden nunca namorou *ninguém* por três anos. Que inferno, Caden mal namorou antes de Makenna. Ele tomou um gole demorado de refrigerante.

— Começamos a namorar quando eu estava no último ano da faculdade e ela no segundo — disse ele. Makenna só concordou com a cabeça. Caden fez os cálculos mentais. Ela teria mais ou menos dezenove anos quando eles começaram a namorar e vinte e dois quando terminaram. O que praticamente significava que não havia como eles não terem dormido juntos. *E iiiisso* explicava a maneira como o cara estava olhando e sorrindo para ela, e como a abraçou mais tempo do que o necessário. Ele ainda gostava dela.

— Meu Deus, parece que foi há um milhão de anos — disse Makenna com um sorriso. Ela tomou um grande gole de sangria.

— Que nada — disse Cameron com uma piscada. — Ei, você se lembra daquela vez em que...

— Alguém pode me ajudar a arrumar a mesa? — a voz de Mike desceu pela escada.

— Eu ajudo — ofereceu Makenna, agarrando a mão de Caden. — Quer vir comigo?

— Quero — disse ele. Se ela tivesse perguntado se ele queria ajudá-la a limpar vasos sanitários com escovas de dentes, ele teria concordado. Qualquer coisa para dar um tempo da cara presunçosa de Cameron e do jeito como os olhos dele seguiram o corpo de Makenna quando ela se levantou do sofá.

4

No andar de cima, Makenna arrastou Caden para o banheiro do corredor e fechou a porta.

— Eu não sabia que ele estaria aqui — disse ela. Desde o instante em que olhou para cima e viu Cameron Hollander parado ali, ficou preocupada com a reação de Caden. Por que seu pai não a avisou? Se bem que ela não imaginava o que poderia ter feito, mesmo que soubesse.

— Tá bom — disse ele, depois deu de ombros. Sua expressão parecia despreocupada, mas ela sabia que ele conseguia esconder seus verdadeiros sentimentos quando não queria encará-los. Poxa, se separar das próprias emoções foi metade de como ele sobrevivera após a perda da família, ele era quase especialista nisso. — Tudo bem.

Makenna apoiou a testa no peito dele, envolveu os braços em sua cintura e inspirou.

— É estranho.

Caden riu enquanto acariciava o cabelo dela.

— Só porque ele ainda está interessado.

Resmungando, Makenna balançou a cabeça, totalmente confusa pela presença de Cam e irritada porque isso poderia deixar Caden desconfortável. Por fim, ela levantou o olhar para encontrar o de Caden.

— Bem, não estou interessada nele, caso isso precise ser dito. — Já fazia três anos que os dois tinham se separado, e ela havia superado Cam havia muito tempo. Ele fez a escolha dele, e ela ficou numa boa.

O olhar sombrio de Caden a analisou por um instante. Ele deu uma leve estremecida.

— Não precisa, Makenna. Não se preocupe. Mas, se ele olhar pra sua bunda ou brincar com os seus cabelos mais uma vez, não vou me responsabilizar pelas minhas ações. — A sobrancelha com piercing se arqueou de um jeito brincalhão.

Ela riu, mas, nossa, ela realmente não queria que nada estragasse essa visita ou fizesse Caden se sentir mais desconfortável do que sabia que ele estava. Ela ia matar o Ian, porque ele sabia que Makenna ia levar alguém para casa. Que diabos ele estava pensando?

— Você quer saber a história?

A maçaneta da porta se mexeu.

— Tem gente — ela gritou.

— Tudo bem — veio a voz de Ian.

— Vamos ajudar com a mesa — disse Caden. — Podemos conversar mais tarde.

Ela concordou com a cabeça e ficou arrepiada quando ele se inclinou e lhe deu um beijo longo e lento, cheio de calor, paixão e língua. Desde a primeira vez em que se beijaram na escuridão daquele elevador, sua habilidade em beijar a ganhou totalmente.

— Desculpa, o que você estava dizendo? — perguntou ela com uma voz ofegante quando ele se afastou.

O sorriso que ele lhe deu fez as covinhas aparecerem.

— Não sei, mas você está com gosto de maçã e canela.

— É a minha sangria. Você deveria experimentar um pouco.

— Acho que vou fazer isso. — Sua mão grande deslizou atrás do pescoço dela enquanto a beijava de novo. Um beijo profundo e explorador. — Hummm, é boa — disse ele com a voz rouca.

— Meu Deus, eu poderia te beijar assim o dia todo — sussurrou ela.

Seu sorriso se encheu com uma presunçosa satisfação masculina.

— Poderia? — Com uma piscada, ele se virou e abriu a porta.

No corredor, depararam-se com Ian.

— Vocês dois estavam mesmo no banheiro juntos? — perguntou ele.

Makenna o encarou, pois não gostou do seu distanciamento em relação a Caden no andar de baixo.

— Você trouxe mesmo meu ex-namorado para o Dia de Ação de Graças?

— Ele é meu melhor amigo — disse Ian passando por eles. Era verdade, mas fazia muitos anos que Cameron não passava um feriado com eles. Quando eles eram mais jovens, era normal Cameron ir à casa deles para as refeições e para dormir, inclusive nos feriados. Mas ele não ia lá desde antes de ela e Cam terminarem.

Quando seu irmão se fechou no banheiro, ela se voltou para Caden.

— Me desculpe por ele. Não sei qual é seu problema.

De certa forma, ela não ficou surpresa por Ian ser o único a causar problemas em relação a Caden. Como Patrick era muito mais velho, ela sempre o idolatrou, e ele sempre foi um irmão mais velho incrível para ela — os dois sempre se deram muito bem. E, como Collin era mais novo e normalmente a pessoa mais tranquila que se pode conhecer, ela não costumava ter problemas com ele. Mas ela e Ian — os dois filhos do meio — davam cabeçadas sobre tudo e sobre nada, e sempre foram assim.

— Lealdade, imagino. — Ele beijou o topo da cabeça dela. — Pare de se preocupar.

— Tá bom — disse ela. Eles entraram na cozinha e encontraram o pai tirando o peru do forno. — Como podemos ajudar?

— Collin e Shima começaram a arrumar a mesa. Vejam se eles precisam de ajuda e, se não, vocês podem me ajudar a colocar tudo nas travessas. Estaremos prontos pra comer daqui a uns vinte minutos. Só preciso fazer um molho.

— Certo — disse Makenna, levando Caden para a sala de jantar que abrigava todas as refeições sempre que a família se reunia. Collin e Shima estavam colocando pratos e talheres ao redor da grande mesa de cerimônia.

— Espera. Você esqueceu o caminho de mesa da mamãe — disse Makenna.

— Ah, merda — disse Collin. — Desculpa.

— Sem problema — disse Makenna, indo até a cristaleira com porta de vidro que ficava na parede mais distante. Encontrou o pano decorativo no armário inferior. — Quando minha mãe morreu, meu pai era muito bom em compartilhar todas as tradições que tinham sido importantes pra ela. Minha avó fez isso e deu de presente pra minha mãe, que aparentemente usava em todos os Dias de Ação de Graças. — Ela desdobrou o longo retângulo com bordado de folhas e abóboras e nozes. — Ainda gostamos de usá-lo.

Caden a ajudou a estender o pano na extensão da mesa entre os pratos que Collin já havia arrumado.

— É lindo — disse Shima. — É muito especial vocês ainda a homenagearem desse jeito.

— Sim — disse Makenna. — Collin e eu éramos muito novos pra realmente lembrarmos dela, então é bom ter coisas assim. — Ela encolheu os ombros. — Sempre senti que, se não posso tê-la, tenho que me agarrar a qualquer pedaço dela que eu possa ter. Não sei.

O braço de Caden pousou nos seus ombros, e ele a abraçou.

— Shima está certa. É uma coisa especial. — A doçura das palavras dele desencadeou um calor em seu peito. Meu Deus, como ela amava esse homem.

Eles arrumaram rapidamente o resto da mesa, então Makenna e Caden voltaram à cozinha para ajudar com o resto da comida. Uma a uma, Makenna encheu travessas e bandejas, e Caden os levou até a mesa.

Ela e Caden tinham feito um milhão de refeições juntos ao longo dos últimos meses, mas havia alguma coisa muito especial nos dois preparando uma refeição na casa onde ela cresceu. Isso fez Caden se sentir parte da família, porque para ela ele já era. Finalmente, o peru foi cortado, o molho ficou pronto, e era hora de comer. Seu pai chamou todos para a mesa.

O pai dela e Patrick se sentaram nas cabeceiras, e Collin, Shima e Ian sentaram-se no lado oposto. Cam foi para o assento do meio no lado mais próximo, o que o colocaria entre ela e Caden. Isso não.

— Ei, Cam? Você se importa de mudar pro lado para eu poder me sentar com o Caden? — ela perguntou, irritada porque ele a *obrigou* a pedir. Ela não tinha certeza do que ele pretendia com essa visita, mas não ia entrar nesse jogo, qualquer que fosse.

— Claro — disse ele deslizando para o lado.

— Aqui está — disse Caden puxando a cadeira da ponta para ela, de modo que ele ficasse entre os dois.

Ela escondeu o sorriso quando se sentou ao lado do pai, e Caden se sentou no meio. Um a zero para Caden.

Seu pai deu as mãos, e todos seguiram o exemplo. Estar sentada no jantar de Ação de Graças de mãos dadas com os dois homens mais importantes da vida dela fez com que, do nada, a garganta de Makenna ficasse apertada de gratidão e alegria. Seu pai inclinou a cabeça.

— Obrigado, Deus, por atender a todas as nossas necessidades e nos abençoar com esta comida. Obrigado por cada pessoa que compartilha esta refeição conosco hoje. Que nossas vidas nunca sejam tão corridas e ocupadas a ponto de não nos lembrarmos de parar e agradecer, de ver todas as coisas que temos nesta vida. Nossa família, nossos amigos, nossa casa, nossa saúde, nosso emprego. E que aqueles que são menos afortunados consigam tudo o que precisam neste Dia de Ação de Graças, e que possamos sempre fazer a nossa parte pra melhorar a vida deles. Amém.

— Amém — todos ecoaram.

Makenna sorriu para Caden e apertou sua mão mais uma vez antes de soltá-la. O incrível acaso de ter ficado presa naquele elevador era pelo que ela estava mais grata agora, porque não podia imaginar sua vida sem Caden. Sua generosidade silenciosa, seu altruísmo, sua proteção, seu sarcasmo, a maneira afetuosa como olhava para ela, o modo como seus corpos se encaixavam — havia tantas coisas nele para amar.

Logo os pratos estavam lotados e todos caíam de boca. Makenna estava na segunda taça de sangria, e o calor se espalhava pelo seu corpo.

— Tudo está uma delícia, Mike — disse Caden. Um coro de concordância cresceu ao redor da mesa.

— Shima — disse Makenna. — De onde você é?

— Cresci em Nova York — disse ela —, mas minha mãe é do Japão. Ela conheceu um marinheiro americano e se apaixonou por ele, e aqui estou.

Makenna sorriu. Ela tinha gostado de verdade dessa mulher e estava superfeliz por Collin.

— Isso é tão romântico. Tem realmente alguma coisa nos homens de uniforme.

— Ora, obrigado — disse Patrick.

Revirando os olhos, Makenna riu.

— Não era bem você que eu tinha em mente. — Ela piscou para Caden, que lhe deu um sorriso de lado. Apesar de seu uniforme não ser tão sofisticado quanto outros, ele ficava muito sexy nele, especialmente porque o usava para ajudar pessoas e salvar vidas.

Patrick apontou o garfo para Caden.

— Eles só relaxaram a política de tatuagens no nosso departamento no ano passado — disse ele. — Antigamente, não podia haver nenhuma à mostra. Agora, você pode ter uma em cada braço. Você tem algum problema com as suas?

Caden balançou a cabeça.

— Arlington não tem nenhuma política em relação a tatuagens. Mas, de qualquer forma, a maior parte das minhas fica coberta.

— Seu dragão é lindo — disse Shima. — Sempre quis uma tatuagem.

Makenna sentiu um leve frio na barriga e decidiu compartilhar a notícia, porque teria que fazer isso em algum momento mesmo.

— Vou fazer uma.

De repente, as coisas ficaram silenciosas à mesa.

— Sério? O que você vai fazer? — perguntou Shima, sem perceber que todos os homens da família James estavam olhando para Makenna, como se ela tivesse três cabeças, e olhando para Caden, como se ele a tivesse feito beber sangue de morcego. Ninguém na família tinha tatuagens.

Makenna olhou para o pai, cuja expressão estava mais neutra, provavelmente de um jeito cuidadoso.

— Uma árvore genealógica celta com todas as nossas iniciais. Eu queria um desenho que significasse algo. E nada é mais importante pra mim do que as pessoas nesta mesa. — O olhar do pai se suavizou. Eeeee ela o conquistou.

— Apenas pense bem — disse o pai. — Mas sua ideia parece excelente.

— Obrigada — disse ela.

— Por que você quer uma tatuagem? — perguntou Ian, com um tom mais alto que indicava que ele achava que sabia.

— Porque eu gosto.

— Desde quando? — ele perguntou.

Ela lhe lançou um olhar penetrante e considerou jogar pão de milho nele. Só que isso seria um desperdício terrível de pão de milho. Eles podiam ter vinte e sete e vinte e cinco, respectivamente, mas ainda tinham a capacidade de trazer à tona a criança de doze anos em cada um.

— Há muito tempo. Eu só não tinha certeza do que queria.

— Muitos homens da tropa têm tatuagens — disse Patrick. Ela poderia abraçá-lo pela demonstração de apoio. — São bem populares, hoje em dia.

— Meu pai tem algumas — disse Shima. — Muitas coisas militares, como vocês podem imaginar. Iniciais de amigos que morreram. Algumas são bem comoventes porque mostram o que ele considerou importante o suficiente pra eternizar no corpo.

Makenna concordou com a cabeça. As tatuagens de Caden também eram assim. Ele tinha uma rosa amarela no peito em homenagem à mãe, o nome de Sean e caracteres chineses que significavam "nunca se esqueça" nos ombros, e o dragão na mão e no braço que era um lembrete para lutar contra o medo e viver, uma vez que Sean não podia, entre outras. O acidente realmente o marcou por dentro e por fora.

— Preciso de mais sangria. Alguém quer alguma coisa, para aproveitar que estou de pé? — perguntou Makenna.

— Eu adoraria experimentar um pouco — disse Shima. Collin e seu pai também quiseram.

— Eu te ajudo — disse o pai se levantando.

Ela pegou sua taça e se levantou, dando um aperto no ombro de Caden antes de se afastar. O que ela realmente queria fazer era beijá-lo, mas não queria deixá-lo sem graça ao fazer isso na frente de todo mundo.

Na cozinha, o pai segurou seu braço.

— Você está bem com o fato de Cameron estar aqui? Eu não sabia que Ian o tinha convidado até eles aparecerem — disse quase sussurrando.

— Tudo bem — disse ela. — Isso já é história antiga. — E realmente era. Ela não pensava em Cameron havia séculos.

— Me desculpe por não ter falado nada antes de você descer. Não queria te deixar desconfortável na frente do Caden. — Ele balançou a cabeça.

Makenna ficou na ponta dos pés para beijar o pai na bochecha.

— Não se preocupe com isso, pai. Mesmo.

Eles serviram as bebidas de todos e levaram para a mesa.

— Precisa de alguma coisa? — ela perguntou se aproximando de Caden.

Ele balançou a cabeça.

— Tenho tudo de que preciso. — O olhar dele dizia que suas palavras não eram sobre a comida.

A conversa fluiu ao redor da mesa. Sobre a tia Maggie, que tinha sido uma figura materna para Makenna quando era criança — ela não foi este ano porque estava num cruzeiro com um grupo de amigas. Sobre as pinturas do pai, algo que ele fazia desde que Makenna conseguia se lembrar. Sobre a residência de Cam e para onde ele pretendia ir quando ela terminasse, no ano seguinte. Sobre as teses de mestrado de Collin e Shima. E muito mais. A conversa estava animada e fácil, e Makenna apreciou o quanto Caden se enturmou com esse grande grupo de pessoas que ele não conhecia. Ela sabia que isso não era fácil para ele.

— Certo, pessoal — disse o pai. — Desabotoem as calças e descansem o estômago por um tempinho, e eu vou limpar as coisas e pegar nossa sobremesa. — Todo mundo riu.

— A gente ajuda, pai. Você cozinhou tudo — disse Makenna.

— Não vou protestar contra isso — disse ele com uma piscadela.

Todos ajudaram a tirar a mesa. Patrick e o pai se concentraram em guardar os restos, e Collin e Shima arrumaram a mesa para a sobremesa. Ian levou para fora o lixo da cozinha, que estava transbordando.

— Eu limpo, você põe na máquina? — perguntou Caden aproximando-se da pia. Makenna fez que sim com a cabeça e sorriu. Essa era a rotina dos dois em casa, e ela adorou o fato de ele não pensar duas vezes em repeti-la aqui. — Que foi? — perguntou ele enquanto lhe entregava um prato sujo.

Ela simplesmente sorriu.

— Não foi nada, Bom Sam.

Ele revirou os olhos, mas a expressão em seu rosto era de pura satisfação. Ela não via isso com muita frequência, e adorou.

— Ei, olha. — Ele apontou com a cabeça para a janela.

— Ah, está nevando — disse Makenna. Tinha nevado apenas o suficiente para empoeirar os galhos das árvores e a grama. Ainda não estava congelando as estradas, mas, mesmo que isso acontecesse, eles iam ficar até sábado. A neve era especialmente agradável quando você não precisava dirigir. — Vai nevar muito, pai?

— Só alguns centímetros. O suficiente para deixar tudo bonito. — Ele deu uma piscadela.

— Este foi o melhor Dia de Ação de Graças que tive em muito tempo — disse Caden, secando as mãos depois que terminaram. — Obrigado por me deixar participar.

O sentimento derreteu o coração de Makenna. Ela queria que ele se divertisse muito. Ele costumava fazer refeições festivas no posto dos bombeiros ou, ocasionalmente, com amigos, mas havia muitos anos Caden não passava um feriado em família. E, como a família dela era muito próxima, isso partiu seu coração. Todo mundo precisava pertencer a algum lugar, e ela queria muito ser isso para ele. E sua família também.

O pai deu um grande sorriso para Caden.

— Fico feliz em ouvir isso, Caden. Mas ainda não acabou.

— Está tudo pronto — disse Collin. — Overdose de açúcar começando em três, dois, um.

— Isso se o triptofano não entrar em ação antes — disse Cam.

— De qualquer maneira, estaremos todos dormindo em uma hora — disse Patrick dando um tapinha nas costas do pai. Eles se acomodaram de novo ao redor da mesa da sala de jantar, desta vez, com um banquete que incluía o pão de abóbora de Makenna, uma torta de abóbora, uma torta de maçã e um bolo de cenoura feito por Shima.

— Vou precisar seriamente de um pouco de cada — disse Makenna.

— Ainda bem. Eu não queria ser o único — disse Caden pegando um pedaço do pão de abóbora. Ele passou o prato para ela.

A comida circulou e a conversa recomeçou, e até Ian parecia ter cansado de fazer gracinhas com ela e Caden. Então, Makenna finalmente se deixou relaxar em relação à visita. Caden estava se saindo muito bem, como ela sabia que se sairia, e sua família o tinha aceitado de braços abertos. Como ela lhe disse. Não havia nada com que se preocupar.

5

De pé no quarto da sua infância, Makenna vestiu seu suéter largo preferido, sentindo frio depois de horas vendo filmes com todos no porão. Se Cameron não estivesse ali, ela teria vestido um pijama porque já estava tarde, mas isso pareceu íntimo demais, considerando a história deles.

Por que ele estava ali? E o que ele estava aprontando? Durante todo o dia, ela sentiu que ele a olhava, a observava tentando encontrar seu olhar. E o dia todo, ela praticamente o ignorou e ficou ao lado de Caden, tentando evitar que Cam puxasse assunto. Ao longo dos últimos anos, ele tinha mandado mensagens de texto e alguns e-mails, e Ian contava histórias sobre o que ele estava fazendo quando a família se reunia, mas, em geral, os dois não tinham mais contato. E por ela estava bom assim.

Makenna tirou as botas, passou uma escova nos cabelos e saiu para o corredor. Quando fez a curva no parapeito para descer a escada, seu estômago revirou.

— Oi — disse Cam, quase no topo dos degraus.

— Oi — disse ela, esperando para contorná-lo.

— Podemos por favor conversar por um minuto?

Sinais de alerta dispararam na cabeça dela. As últimas conversas dos dois muitos anos antes não tinham sido agradáveis. O que quer que fosse, ela não esperava por isso.

— Não sei.

— Qual é, Makenna. Por favor? — Ele lançou *o olhar* para ela, aquele que um dia a fez se derreter por ele.

Ela o analisou por um instante — ele tinha o tipo de beleza americana, com cabelos louros, olhos azuis e um maxilar quadrado que era de morrer, e usava um suéter de caxemira cinza-claro com gola em V por cima de uma camisa social azul que deixava seus olhos ainda mais brilhantes. Houve uma época em que ela achava que não existia homem mais lindo. E era tão atraída por seu cérebro e sua ambição quanto por sua aparência. Sem mencionar a longa ligação com sua família, porque ela conhecia Cam desde que sua idade tinha apenas um dígito.

Com um suspiro, ela fez que sim com a cabeça.

— Tudo bem. Sobre o que você quer falar?

Ele apontou para o quarto dela.

— Podemos, talvez, conversar num lugar mais privado?

— Prefiro conversar aqui — disse ela cruzando os braços. Estava se sentindo um pouco encurralada, o que a deixou irritada tanto com Cameron quanto com Ian, por armar essa situação. Porque, o que quer que quisesse falar com ela, era o motivo de ele estar aqui hoje. No fundo, ela sabia disso.

— Então, tá — disse Cameron. — Bom... o negócio é que... — Ele soltou uma risada. — Eu tinha tudo planejado, mas agora que você está na minha frente, minha língua está toda amarrada, como se eu fosse um adolescente.

A humilhação era encantadora, assim como o olhar tímido em seu rosto, mas o sentimentalismo provocou mais sinais de alerta.

Ele sorriu para ela.

— Eu sinto sua falta. Essa é a primeira coisa que eu queria dizer. Sinto sua falta e agora sei que cometi um erro enorme quando não aceitei a residência em Washington, D.C. — O estômago de Makenna revirou e o chão tremeu sob seus pés. — Na verdade, eu soube que era um erro quase na mesma hora, mas eu era imaturo e orgulhoso demais pra admitir isso, e medroso demais pra pedir pra você me aceitar de volta.

Não. Nãonãonão.

— Cam...

— Por favor, me deixa terminar — ele disse com uma inclinação da cabeça. — Eu sei que posso não merecer, mas por favor?

Com o coração acelerado, Makenna acenou com a cabeça, apesar de estar com um pouco de vontade de vomitar aquele segundo pedaço de torta de maçã que tinha devorado uma hora antes. Ela não tinha mais sentimentos por ele, mas isso não tornava fácil ouvir essas coisas de alguém que ela havia amado.

— Eu cresci muito e pensei muito no que quero da vida. Uma formação de prestígio ainda é importante pra mim, mas não tão importante quanto ter alguém de quem eu gosto com quem possa compartilhar a vida. Eu podia ter tido isso com você. Eu *deveria* ter tido isso com você. E ainda quero isso. Com você — disse ele, os olhos em chamas.

— Cameron, estou com outra pessoa agora — disse ela, suas entranhas retorcidas com a surpresa dessa conversa. Nunca, em um milhão de anos, ela esperaria isso dele.

— Eu sei — disse ele. — E sinto muito. É por isso que tinha que dizer alguma coisa agora, antes que as coisas com ele fiquem sérias. Vocês só estão namorando há dois meses. Temos uma história de vinte anos. Desses, ficamos juntos por três. E estaríamos casados agora, se eu não tivesse sido um babaca teimoso e egoísta.

— Mas as coisas *estão* sérias com ele — disse ela, as paredes girando ao seu redor. Houve uma época em que ela teria dado tudo para ouvir essas palavras dele. Mas era tarde demais. Ela tinha seguido em frente. Tinha se afastado de Cameron e estava com outra pessoa. Com Caden. — Nós estamos separados há três anos. Muita coisa mudou.

Cam se aproximou.

— O que eu sinto por você não mudou. Ou talvez tenha mudado. Ficou mais forte. Tenho uma boa indicação para um cargo em Washington, D.C. quando minha residência terminar. Quero tentar esse cargo e me mudar pra lá. Quero ficar com você. Quero que a gente comece de novo e construa a vida que devíamos ter tido juntos.

— Você não está ouvindo...

— Estou, sim. Estou escutando. Você acha que é sério com esse cara. Mas ele é um piscar de olhos em comparação com o tempo que nos conhecemos. Se você nos der uma chance...

Makenna deu um passo para trás, para longe da sua intensidade, longe do seu toque, longe dessas palavras que a atormentavam simplesmente porque não importavam mais. E houve uma época em que significariam o mundo. Havia uma tristeza nessa mágoa. Muita.

Ele se movimentou junto com ela, mantendo-se perto.

— Por favor, nos dê uma chance. *Me* dê uma chance. — Ele puxou alguma coisa do bolso. Uma caixa de anel. — Eu ainda o tenho — disse, abrindo a tampa de veludo e revelando um deslumbrante diamante com corte esmeralda em uma magnífica moldura. Ela se lembrou de como ele ficava lindo na mão dela. — Eu daria qualquer coisa pra conquistar meu caminho de volta pro seu coração, pra ter a chance de ouvir você dizer de novo que se casaria comigo.

Engolindo o nó na garganta, Makenna fechou a caixa do anel nas mãos dele.

— Cameron, eu valorizo o que você está dizendo. De verdade. Mas eu segui em frente. Você fez sua escolha, e eu fiz a minha. E *três anos* se passaram. Caden e eu não estamos juntos há muito tempo, mas isso não tem nada a ver com o quanto eu gosto dele. Não posso desligar isso, e não quero — disse ela. Não queria magoar os sentimentos de Cameron; na verdade, ela odiava que suas palavras pudessem magoá-lo, mas ele tinha esperado tempo demais. Droga, não era culpa dela.

Cam envolveu as mãos dela com as dele.

— Não diz que não. Por favor. Pensa no que estou dizendo. Eu espero. Espero o tempo que você precisar pra resolver tudo. —

O desespero transformava suas feições clássicas em uma máscara torturada que Makenna nunca tinha visto nele, e isso fez com que ela percebesse o quanto ele estava sendo sincero naquele momento. O que significava que ele realmente tinha crescido muito desde que os dois se separaram.

O coração dela doeu pelo que eles poderiam ter sido.

— Acho que não preciso pensar, Cam.

— Eu espero, Makenna. Porque eu te amo. — Ele encolheu os ombros de um jeito indefeso. — Eu te amei durante boa parte da minha vida.

Ela já havia dito aquelas palavras para ele antes, mas agora, quando ela pensava em amor, era o rosto de Caden que vinha à sua mente. O toque de Caden. Os olhos de Caden.

— Onde você estava há três anos, ou mesmo dois?

Ele balançou a cabeça.

— Eu estava perdido. Claramente. Apenas pense, ok?

Os ombros dela desabaram. Ela não queria brigar com ele. Não queria magoá-lo. E não queria estragar o Dia de Ação de Graças. O que ela deveria dizer?

— Está bem — soltou Makenna, já fazendo um rascunho mental do e-mail no qual dizia que eles tinham terminado para sempre.

Ela inspirou para falar mais quando Cameron de repente invadiu totalmente seu espaço e encostou os lábios nos dela. Makenna estava tão atordoada que levou um instante para perceber o que tinha acontecido.

Ela se afastou com violência e olhou furiosa para ele.

— *Não*. Quer saber? Não preciso pensar. Eu quis dizer aquilo que falei. Estou com Caden, agora. Não tenho intenção de deixar de estar com ele só porque tivemos essa conversa.

Ele levantou as mãos.

— Me desculpa. Sinto muito mesmo. Eu entendo. Eu só... eu só sinto sua falta.

— Preciso voltar lá pra baixo — disse Makenna e, sem dizer mais nada, ela o contornou e desceu os degraus.

Então, ela se trancou no banheiro do corredor, apoiou as costas na porta e levou a mão à boca. O que diabos tinha acabado de acontecer?

— Está bem — dissera Makenna. E, com essas duas palavras, o mundo inteiro de Caden se inclinou em eixo e fez tudo rodar.

Ele se afastou de onde estava parado perto da base da escada, quando foi procurar Makenna para ver se ela queria alguma coisa antes de fazer um sanduíche de peru para si mesmo. E ouviu toda a conversa com Cameron. O cara sentia saudade dela, a amava e a queria de volta — bom, isso estava claro a maior parte do dia, não?

Ele traçou uma linha reta pela casa, feliz porque todos os outros ainda estavam lá embaixo. Foi para a cozinha, depois para a porta dos fundos, depois para o jipe, só para ter espaço, só para escapar, só para encontrar um lugar onde ainda houvesse oxigênio para respirar. Do lado de fora, apoiou as mãos no capô do jipe sem se importar com a neve ou como sua umidade imediatamente fez seus dedos doerem.

Como se tudo isso não fosse ruim o suficiente, saber que Makenna um dia havia concordado em se casar com aquele cara. Que eles já *estariam* casados se Cameron não tivesse cometido algum erro. Caden não tinha todos os detalhes, mas eles realmente não importavam. O que importava era que Makenna tinha amado Cameron o suficiente para querer ter uma vida com ele. Uma vida com um homem que era o oposto de Caden em quase todos os sentidos — especialista, enquanto Caden era um operário; rico, enquanto Caden tinha apenas uma vida confortável; um retrato da beleza americana, enquanto Caden parecia bruto e imperfeito; confiante e encantador, enquanto Caden era tosco e desajeitado.

Cameron era o tipo de cara por quem Makenna se sentia atraída quando conhecia um homem à luz do dia. A escuridão daquele elevador tinha sido a salvação de Caden, porque permitiu que eles se conhecessem sem os preconceitos que as aparências criavam — e ele tinha criado alguns dos seus de propósito, não? Só que, depois que a conheceu na liberdade daquela escuridão, ele não queria que ela o rejeitasse quando o visse. Não queria que ela fosse desencorajada por ele.

E, milagrosamente, ela não foi. Ele ainda podia ouvi-la o chamando de *muito lindo* naquela noite. E a lembrança disso ainda roubava sua respiração e fazia seu coração disparar. Mas se Cameron era o tipo de homem com quem ela concordara em se casar, isso provava que sua atração por Caden era um acaso. No mínimo, ele não era o tipo dela. Certo? E isso importava?

Talvez não. Pelo menos não deveria.

Mas isso o fez duvidar, talvez pela milionésima vez desde que começaram a sair, se ele era bom o suficiente para ela, se era certo para ela. Ele achava que o pior disso já tinha passado, porque sabia que eram seu passado e sua ansiedade e seus medos fodidos falando. Ele sabia. Mas ver um futuro alternativo para Makenna esfregado bem na sua cara era algo que tinha entrado em seu peito, em seu cérebro, em seu coração e mexeu em tudo outra vez.

Mexeu demais.

Jesus.

Respira, Grayson. Só respira, porra.

Ele apertou as mãos molhadas nos joelhos, abaixou a cabeça e fez uma contagem regressiva a partir de dez. *Dez.* Inspira fundo, expira fundo. *Nove.* Inspira fundo, expira fundo. *Oito.* Se doía tanto imaginar Makenna com outra pessoa, quanto doeria perdê-la? *Sete.* Inspira fundo, expira fundo. *Seis.* Eu perdi todo mundo, por que seria diferente com ela? *Cinco.* Inspira fundo, expira fundo. *Quatro.* Você a tem agora, concentre-se nisso. *Três.* Tudo bem, tudo bem. *Dois.* Inspira fundo, expira fundo. *Um.* Inspira fundo, expira fundo.

Merda, seus ombros e peito ainda estavam apertados.

Ele contou de novo do dez, desta vez bloqueando todos os comentários ininterruptos que disparavam em sua cabeça.

Quando terminou, ele se levantou e girou o pescoço e os ombros. Ela só tinha concordado em pensar no que Cameron lhe disse. Ela não tinha concordado em ficar com ele e deixou claro que a relação com Caden era séria. *Concentre-se nisso.* Certo. Tudo bem.

Só que ouvir o eco da declaração de amor de Cameron acrescentou mais uma camada de estresse àquela situação. Porque aquele babaca tinha dito aquilo a Makenna de novo, quando Caden ainda não tinha dito nem uma vez.

Na verdade, a perspectiva de declarar como se sentia deixava Caden apavorado pra cacete. Porque, para ele, era como provocar o destino. *Ei, raio, deixa eu te mostrar com o que eu realmente me importo para você saber onde cair!*

O passado. Ansiedade. Medos fodidos. Ele sabia.

Mas isso não mudava o fato de ele se sentir assim.

O que o fez voltar para o sentimento instintivo de que talvez ele não fosse bom o suficiente para ela.

Por que Makenna não merecia ouvir essas palavras? E se Caden não pudesse dar isso a ela...

E aí?

Para com isso. Volta lá pra dentro e fica com ela. É assim que você vai mantê-la.

Ele esfregou a mão sobre a cicatriz na cabeça.

— Porra — soltou. Então, girou sobre os calcanhares e entrou na casa. Ele conseguia se recompor. *Nada* tinha acontecido, nada tinha mudado. Ela mostrou isso a ele.

— Ei, você apareceu — disse Makenna em pé ao lado da bancada da cozinha, mexendo uma xícara de chá quente. — Eu estava te procurando.

— Só precisava de um pouco de ar — disse Caden, juntando-se a ela na bancada.

— A família foi um pouco demais? — perguntou ela com um sorriso. Então envolveu os braços ao redor dele. — Ah, você está tão frio. É melhor eu te esquentar. — Ela se apertou contra ele, abraçando-o mais perto, e aninhou a cabeça em sua garganta.

O abraço era vida, porra.

Ele a abraçou de volta.

— Não foi demais — disse ele limpando a rouquidão de sua voz. — Eu gosto da sua família. Foi um ótimo dia. — E fora mesmo. Ele estava falando sério quando disse a Mike que havia anos não tinha um Dia de Ação de Graças tão agradável.

— Quer alguma coisa? — perguntou ela.

A vontade de sanduíche de peru já tinha passado fazia muito tempo.

— Não — respondeu ele. — Estou bem.

— Quer ficar sozinho, só nós dois?

Ele nem precisou pensar.

— Parece o paraíso — disse ele.

O sorriso de Makenna era como o sol saindo de trás das nuvens. *Viu como ela está te olhando? Confie nesse olhar, Grayson. Nada mais importa.*

Ela agarrou a mão dele.

— Então vem comigo.

6

Quando chegaram ao quarto dela, Makenna fechou a porta.

— É só uma cama de viúva, então espero que você não fique muito apertado comigo hoje à noite.

— Vamos dormir juntos? — ele perguntou, olhando ao redor o quarto da infância dela. Pedaços da sua juventude continuavam presos às paredes cor de lavanda e pendurados no espelho. Prêmios, fotografias, cartazes de bandas. O quarto falava de uma pessoa que crescera no caloroso abraço da família, com felicidade e completude. — Seu pai não se importa?

Rindo, Makenna balançou a cabeça.

— Nós praticamente moramos juntos, Caden, e ele sabe disso. Tenho certeza que ele já sabe que a filha de vinte e cinco anos já fez sexo. Collin e Shima também vão dormir juntos.

— Shima é muito legal — disse ele, pensando se Makenna ia contar alguma coisa sobre a conversa com Cameron.

— Ela é mesmo — disse Makenna com um sorriso. Então, ela desabotoou a calça jeans e a empurrou para baixo, tirando-a completamente, o que a deixou de pé ali vestindo um moletom vermelho e azul da Penn, largo e desbotado, comprido o suficiente apenas para cobrir a calcinha. — Você também devia se despir — disse ela indo até ele e começando pelos botões da camisa.

Pressione e solte, pressione e solte. Até tirar a camisa de dentro da calça dele e expor sua pele.

Makenna soltou um gemidinho e beijou o centro do peito de Caden.

— É como desembrulhar um presente. — Ela fez um rastro de beijos e lambidas de um mamilo para o outro.

— Porra, Makenna — sussurrou ele. — O que você está fazendo?

— Te saboreando — disse ela.

As palavras foram como um maçarico no sangue dele. Ele ficou duro num instante.

— Não podemos — disse ele, mas suas mãos foram para a nuca dela, encorajando-a, guiando-a enquanto ela continuava a beijá-lo, provocá-lo e enlouquecê-lo com a boca.

— Podemos, sim, se formos silenciosos. — Devagar, ela se ajoelhou e o despiu até a metade da coxa. Ela pegou o seu pau e o segurou com firmeza, arrancando um grunhido suave da garganta dele. — Passei o dia inteiro desejando você — sussurrou ela, seus lábios provocando a cabeça com beijos suaves. — Querendo te tocar e te beijar e te agarrar. Não consigo mais me segurar. — Ela o lambeu da base à ponta. Uma, duas, três vezes. E depois o sugou para dentro da boca.

Foi tão bom que as mãos de Caden voaram para os cabelos dela, se enfiando, se agarrando. Ela gemeu com o contato e se empurrou mais fundo, enterrando o pau dele na parte de trás da garganta. A intensidade disso quase fez os joelhos dele fraquejarem.

Makenna o puxou para fora.

— Deita no chão.

Ele estava longe demais para discutir se era inteligente ter relações sexuais na casa do pai dela. Ele precisava disso. Precisava *dela*. Precisava da conexão e da união desse ato. Caden trancou a porta, tirou o resto da roupa e se espalhou no carpete bege.

Ela também se despiu, seu belo cabelo vermelho se espalhando pela porcelana nua dos seus ombros e o fazendo pensar em pêssegos com chantili. E, *porra*, ele estava faminto.

Caden agarrou o pau.

— Me coloca de novo na boca.

Não precisou pedir duas vezes. Makenna se instalou entre as pernas dele e envolveu o pau com os lábios. Ela o chupou profundamente e devagar, depois rápida e superficialmente, seus olhos azul-bebê piscando para ele de um jeito sexy pra cacete. Ele precisava ver seus olhos, então prendeu o cabelo dela num rabo de cavalo para deixá-lo longe do rosto. Ele o segurou para fazê-la ir mais forte, mais rápido, mais fundo. Ele precisava disso. *Meu Deus*, como ele precisava disso. E ela aceitou. Aceitou tudo que ele lhe deu e muito mais.

— Porra, Ruiva, eu vou gozar se você não parar — ele sussurrou.

Ela se afastou com os lábios brilhantes e inchados.

— Quero você dentro de mim primeiro — disse ela, já rastejando sobre seu corpo.

Caden estendeu a mão para suas calças e tirou uma camisinha da carteira. Ele a enrolou com mãos trêmulas e carentes. Em seguida, agarrou seu quadril.

— Tira tudo de mim, Ruiva. Tira tudo de mim, porra. — As palavras vieram de algum lugar dentro dele que estava esfolado e ferido e tão cheio de anseio.

— Sim — sussurrou ela, se afundando, se empalando nele centímetro por enlouquecedor centímetro. — Meu Deus, isso é tão bom.

— Jesus — disse ele com a voz rouca. Todo impulso dentro dele o fazia querer virá-la, prendê-la, se enfiar nela até que ambos gritassem e gozassem e perdessem a cabeça. Mas de jeito nenhum isso seria silencioso. Ele tinha que deixá-la conduzir isso. Os quadris dele se agitaram quando ela o engoliu até o fim. — Monta em mim, Makenna. Me usa.

Ela colocou as mãos no peito dele e se empurrou para cima e para baixo por todo o comprimento, sua umidade o cobrindo e criando a fricção mais deliciosa. A respiração dos dois era o único som no quarto, e a maneira como ela ofegava e pressionava os lábios e franzia a testa provava que ela estava tendo que se esforçar para ficar em silêncio.

— Porra, Caden — sussurrou ela.

Seus olhares colidiram, quentes e necessitados. Ele agarrou seus quadris e a guiou num novo ritmo — para a frente e para trás no seu pau, de modo que seu clitóris roçasse nele.

— Quero que você goze em mim.

— Ah, sim — ofegou ela, sua expressão quase angustiada de desejo. O olhar dele varreu o belo rosto dela, os seios balançando, o cabelo vermelho entre as coxas roçando na parte inferior da barriga dele.

— Vem cá — disse ele, puxando-a para o seu peito. Caden colocou um braço na lombar dela e o outro em seu pescoço, prendendo-a em cima dele, depois assumiu o trabalho pesado, se esfregando com força no seu clitóris, o pau ainda no fundo dela.
— Adoro estar dentro de você — ele sussurrou. — Adoro essa proximidade com você.

— Vou gozar. Vou gozar — ela exclamou.

Caden grudou os lábios nos dela e encheu sua boca com a língua. O corpo todo dela se curvou com o orgasmo, tentando se libertar dos braços dele. Ele a segurou com firmeza e engoliu o gemido que rasgou a garganta dela enquanto sua boceta o agarrava e agarrava e cobria seu pau e suas bolas com seu prazer.

Os músculos de Makenna ficaram frouxos, e ela soltou um longo suspiro.

— Puta merda — disse ela com a voz rouca. — Sua vez. Quero sentir você desmontar desse jeito. Como você quer fazer isso?

— Deita de barriga pra baixo — disse ele, o desejo e a luxúria ainda percorrendo seu sangue. — Não vou fazer barulho, eu prometo. — Eles mudaram de posição, e Caden se espalhou por cima de Makenna. Ele pegou o pau na mão e entrou nela por trás. Quando a penetrou profundamente, ele se debruçou sobre ela, cobrindo-a da cabeça aos pés, seu corpo todo encostando no dela.

— Ai, meu Deus, eu adoro isso — sussurrou ela. — Adoro seu peso sobre mim. Adoro como eu me sinto preenchida.

Suas palavras lamberam a pele dele.

— Vou te foder tão fundo, Ruiva — disse ele no ouvido dela, seus quadris subindo e roçando a bunda dela. — Fundo pra caralho. — Seus braços envolveram a cabeça e os ombros dela para alavancar, e seus músculos abdominais se contraíam a cada estocada, encolhendo seu corpo silenciosamente ao redor do dela. Indo fundo, fundo, mais fundo. Ela arqueou as costas e levantou a bunda. — Ah, é isso — disse ele, com as bolas dentro dela. — É isso, porra.

— Caden — sussurrou ela. — Jesus.

— É, você está me engolindo, né? Meu pau está tão fundo dentro de você. — Mas, por mais fundo que estivesse, não era o suficiente. Nunca seria. Porque ele nunca teria o suficiente dela. Nem que vivesse uma centena de vidas.

Ele estava apaixonado por ela *nesse* nível. A clareza do pensamento era surpreendente. Durante semanas, ele estava escondendo a verdade, sem olhá-la muito de perto.

Ele afastou o pensamento. Agora não. Ainda não. Não com as palavras de outro homem chicoteando em seu cérebro. Ele simplesmente não podia... *Apenas sinta. Só por uma vez, apenas sinta.*

Caden a segurou com mais força, entrou mais fundo, trincou os dentes contra os gemidos que queriam rasgar sua garganta. Ele grunhiu palavras sussurradas no ouvido dela, coisinhas sórdidas que deixaram o âmago dela cada vez mais apertado ao redor dele e suas bolas sofrendo com a necessidade de gozar.

— Mais rápido — sussurrou ela. — Mais rápido e eu vou gozar de novo.

— Sim, porra. — Os quadris dele se moveram mais rápido, o encontro da pele dos dois agora fazendo mais barulho. Mas ele não podia se segurar, não conseguia resistir a dar a ela o que ela precisava. E aí ela gozou mais uma vez, um gemido escapando de sua boca. Ele cobriu os lábios dela com a mão enquanto seu corpo se abaixava no pau dele. Então, o próprio orgasmo o atingiu pelas costas e o explodiu em pedaços. Ele a cavalgou devagar e profundamente enquanto uma onda de sensação atrás de outra o rasgava, sem querer que isso acabasse. Nunca. — Jesus Cristo — ele disse rouco quando seus corpos finalmente se acalmaram.

— É tão sexy ouvir você gozar — sussurrou ela.

— Merda, foi muito alto? — perguntou ele com a cabeça apoiada na dela, o coração ainda disparado no peito.

— Não — ela respondeu com um sorriso na voz. — Talvez devêssemos dormir bem aqui. Assim, se a gente ficar com tesão de novo, pode simplesmente continuar de onde parou.

Caden deu uma risadinha.

— Você tem grandes planos pra hoje à noite, hein?

Ela sorriu por cima do ombro.

— Com relação a você? Com certeza.

As palavras eram apenas uma brincadeira, mas ele não conseguiu evitar de pensar se ela estava falando de forma mais ampla. Se a conversa dela com Cameron ainda estava sibilando dentro da cabeça dele, e estava, certamente também estava na dela. Parte de Caden achava que ele devia dizer a ela que tinha escutado tudo sem querer, mas parte queria que ela decidisse contar a ele o que tinha acontecido. Ele se afastou dela, tirou a camisinha e a enrolou num lenço de papel de uma caixa na mesa de cabeceira. Então, ele a ajudou a se levantar do chão e a puxou para os seus braços.

— Feliz Dia de Ação de Graças, Caden. Estou muito feliz por ter passado o dia com você. De tudo que tenho na vida, espero que você saiba que você é a coisa pela qual estou mais agradecida este ano.

Ele deixou as palavras se instalarem como um bálsamo em alguns pontos doloridos dentro de si, e elas ajudaram. Mas, nos seus lugares mais sombrios, ele não conseguia parar de pensar se o que o ex-noivo tinha dito a ela poderia mudar isso.

Caden se sentiu melhor pela manhã. Depois da incrível trepada no chão de Makenna, eles tinham dormido enroscados um no outro a noite toda, pele com pele, e as duas coisas o fizeram se sentir reivindicado, possuído, conectado. Ela *o* seduziu ontem à noite. Ela dormiu com *ele* ontem à noite. Ela acordou nos braços *dele* hoje de manhã. Era isso que importava. Não o que Cameron queria.

Por que a parte do cérebro de Caden que controlava seus medos e sua ansiedade tinha que ser tão poderosa?

Não importa.

Ele podia ser mais forte. Por ela.

Caden se secou depois do banho e vestiu roupas limpas, feliz por voltar a usar calça jeans. Isso o fazia se sentir mais ele mesmo. Passou a camiseta Henley preta e macia pela cabeça, se olhou no espelho do banheiro e abriu a porta para se juntar a Makenna no andar de baixo.

Só que o som do próprio nome dito por uma a voz masculina o fez congelar e empurrar a porta até quase fechá-la de novo.

— Ela disse que estava firme com Caden, mas que ia pensar no assunto. — Cameron. — Eu fiz minha parte. Não há mais nada que eu possa fazer.

— Caden. — Ian, dessa vez. Ele falou o nome com tanto desdém que poderia ter dito *Maldito Caden*. As vozes vinham do quarto de Ian, do outro lado do corredor, em frente ao banheiro. Caden abriu a porta um pouco mais para poder ouvi-los. Porque, porra, se eles iam falar dele, ele ia ouvir, caralho. — Se você a quer, precisa lutar por ela. Você acha que *ele* é bom o suficiente pra ela? Porque eu não acho. E não acredito que meus irmãos achem. Tatuagens e piercings no rosto todo? Você viu como a conversa parou totalmente quando ela falou que ia fazer uma tatuagem? Isso é tudo coisa dele. Que merda de influência. Ela merece coisa melhor.

A hostilidade de Ian foi um soco no estômago, suas palavras cortando fundo naqueles lugares mais sombrios. A pulsação de Caden latejava nos ouvidos.

— Concordo. Vê-la com ele me mata. Por todos esses motivos e mais. Mas eu joguei tudo nela. Não segurei nada. Se eu forçar a barra, ela pode me afastar totalmente — disse Cameron. — Tenho que dar espaço pra ela. Se é pra acontecer, dessa vez a decisão tem que ser dela. Ela tem que vir até mim.

— Eu te entendo — disse Ian com frustração na voz. — Vocês dois eram tão bons juntos. Eu sei que as coisas ficaram confusas, mas Makenna era tão feliz com você. Quero isso de novo pra ela. E pra você. Você é da família. Você é da família há vinte anos. Você merece isso, e ela também. Estou feliz porque pelo menos você teve uma chance de falar com ela.

— É — disse Cameron. — Escuta, vou embora antes do café da manhã. Não quero que as coisas fiquem estranhas com Makenna, e o fato de Caden e eu estarmos aqui claramente a está deixando estressada. — Houve alguns sons misturados, então a porta do outro lado do corredor foi fechada.

— É você quem devia ficar — disse Ian.

Caden quase prendeu a respiração. Ele empurrou a porta para fechá-la o máximo possível sem encostar e escutou conforme passos e vozes atravessavam até a escada e desapareciam completamente. Quando os dois se foram, ele encostou a porta e se recostou nela com a cabeça dolorida e o peito vazio. Ele esfregou a mão na cicatriz de lua crescente sobre a orelha.

Cacete, a reação de Ian era exatamente o que Caden temia da família dela. Será que Ian estava certo? Que Patrick e Collin sentiam o mesmo? Que Mike estava horrorizado com o cara que sua única filha tinha levado para casa? Caden não recebeu nada além de vibrações positivas dos outros três homens da família James, mas talvez seu radar estivesse tão fodido quanto sua cabeça.

Ou talvez Ian fosse apenas um babaca. Caden entendia, de verdade. Cameron era seu melhor amigo por toda a vida, e Ian queria que ele fosse feliz. Tudo bem. Que seja. Isso era uma coisa. Mas não gostar de Caden porque achava que ele não a merecia? Isso era outra coisa.

Esse era o seu verdadeiro medo.

Jesus.

Bem quando ele conseguiu ajustar sua cabeça sobre a conversa de Makenna com Cameron.

Toc, toc.

Caden se afastou da porta.

— Sim? — disse ele, abrindo-a.

— Ei, você está aí. — O olhar de Makenna vasculhou seu rosto, e seu sorriso virou uma careta. — Você está bem?

— Hum, sim. Sim. Acabei de me arrumar. — Ele apagou a luz do banheiro.

— Meu pai ainda está fazendo o café da manhã, então pensei que talvez pudéssemos conversar um minutinho — ela falou.

Suas entranhas se encolheram conforme o medo serpenteou por ele.

— Claro. O que foi?

Ela pegou a mão dele, levou-o de volta para o quarto e fechou a porta. Caden foi para o centro do quarto e cruzou os braços, preparando-para o golpe.

— Tem certeza que você está bem? — perguntou ela.

— Sobre o que você quer conversar, Makenna? — As palavras saíram mais agressivas do que ele pretendia, mas ele estava por um fio. Muito fino e puindo no meio.

— Vem se sentar — disse ela.

— Eu tô bem. — Ele respirou fundo e ficou plantado exatamente onde estava.

Ela franziu a testa, seu olhar analisando o rosto dele como se estivesse tentando resolver um quebra-cabeça.

— Dormimos tão rápido ontem à noite, que não tivemos a chance de terminar a conversa do banheiro. — Makenna lhe deu um sorrisinho, claramente tentando provocar uma reação. — Então. — Ela se jogou na beira da cama. — A história curta é que, há três anos, Cameron e eu ficamos noivos por uns cinco minutos. Terminou quando ele me deu um ultimato. Eu tinha conseguido o trabalho que queria em Washington, D.C., e ele tinha recebido ofertas de residência em hospitais daqui e de Washington, D.C. Tudo poderia ter se arranjado.

Ouvi-la falar sobre a vida que poderia estar levando agora — uma vida com outro homem — lançou um peso sobre os ombros de Caden. E o motivo era claro: ele estava *totalmente entregue*. Totalmente apaixonado por Makenna. Quisesse admitir ou não. Quisesse encarar ou não. Quer ele acreditasse que isso significava uma maldição para ela ou para ele ou para ambos ou não.

Durante catorze anos ele esteve sozinho, afastando propositadamente os outros, vivendo propositadamente a vida como solitário, evitando propositadamente relacionamentos, com exceção de alguns poucos amigos. Ele tinha saído com mulheres ao longo dos anos, mas propositalmente se distanciado das que pareciam querer mais com ele. Construir um muro ao redor de si mesmo tinha sido um mecanismo de defesa depois que sua família foi destruída, e acabou se tornando um hábito, do qual ele nunca sequer tentou se livrar até Makenna.

— Mas Cam decidiu que a residência na Penn era mais renomada — disse ela olhando para Caden. — E disse que, se eu realmente o amasse, ficaria na Filadélfia e encontraria outro emprego. Porque ele não ia encarar um relacionamento de longa distância, então, se eu não ficasse na Filadélfia, estava tudo acabado. — Ela acenou uma mão. — Tivemos uma grande briga. Mas isso me fez perceber que ele não era o homem certo pra mim, porque o homem certo nunca me pediria pra desistir do meu sonho pelo dele, especialmente quando ele tinha outra ótima opção de prestígio que permitiria que nós dois tivéssemos o que queríamos. Assim, aceitei o emprego e me mudei para D.C. e nós meio que terminamos.

— Certo — disse Caden.

— Então, essa é o cenário. — Ela respirou fundo.

Ele franziu a testa.

— Cenário de quê?

— De uma conversa que tive com Cameron ontem à noite, e que eu quero que você saiba.

Caden engoliu em seco. Com força. Por mais que quisesse que ela lhe contasse, agora ele estava com medo de ouvir o que poderia sair de sua boca.

— Que foi?

— Cameron me pediu uma segunda chance — disse ela, os dedos mexendo na bainha do suéter. — E disse que quer tentar outra vez e que ainda me ama. Eu queria que você...

— Você ainda o ama? — ele se forçou a perguntar.

Ela saiu voando da cama e foi direto para ele, uma das mãos pousando nos braços cruzados e a outra envolvendo seu rosto.

— Não. Há muito tempo que não. Respondi que estou com você, que é sério com você, que é tarde demais e já se passou muito tempo. — Makenna balançou a cabeça, seus olhos suplicando. — Você é o único que eu... por quem eu tenho sentimentos. Eu gosto muito de você, Caden. Me fala que você sabe disso.

— Você... você tem certeza de que não quer considerar o que ele está oferecendo? — Fazer a pergunta em voz alta deixou Caden enjoado, mas, se não perguntasse a ela, ia ficar pensando no assunto. Era melhor deixar tudo às claras. Sua ansiedade precisava ouvi-la dizer as palavras. — Ele é cirurgião. Pode te dar uma boa vida. E conhece sua família desde sempre.

Makenna empalideceu, e seu rosto inteiro se encolheu.

— Ai, meu Deus. Eu não quero considerar a oferta dele. Não quero ele. Eu quero você. Tenho uma ótima vida com você agora, Caden. — Ela forçou os braços dele a se separarem e se pressionou contra ele com as duas mãos envolvendo seu rosto. — Você é o único homem que eu quero. Você.

Por um instante, ele não disse nada, porque não conseguia. O alívio fez sua garganta se fechar e seu peito doer com a pressão.

— Você se lembra da noite em que nos conhecemos, antes de irmos dormir? Eu mencionei que estava tarde e você pensou que eu estava tentando te dizer pra ir embora? — Caden fez que sim com a cabeça. Aquela noite com ela tinha sido tão incrível, que ele não conseguia parar de pensar quando a próxima bomba ia cair. Ele tinha achado que era naquela hora. — Você se lembra do que eu disse?

— Você disse que eu estava mentindo — disse ele, a lembrança tirando um pouco do peso de seus ombros.

Makenna sorriu.

— Disse mesmo. E falei, só pra haver mais estranhezas ou incertezas, que eu gosto de você. — Ele acenou com a cabeça, a lembrança puxando o canto de seus lábios. — Bem, estou dizendo isso de novo, agora. Pra que não haja mais estranhezas ou incertezas, eu gosto de você. Muito. — Ela o prendeu com um olhar fixo, os olhos azuis em chamas.

— Merda. Às vezes eu fico preso na minha cabeça, Makenna — disse ele, jogando uma tábua de salvação.

Ela a pegou.

— Ah, Caden, eu sei, mas tudo bem. Eu odiei despejar tudo isso em você, mas também não queria esconder nada de você. Não parecia certo.

Toc, toc.

— Sim? — ela respondeu sem deixar que ele interrompesse o abraço.

Patrick colocou a cabeça na porta.

— Papai disse que o café da manhã está pronto.

— Já vou — disse Makenna. Seu irmão recuou. — Estamos bem? — perguntou ela.

Caden soprou uma respiração e parte da tensão saiu do seu corpo junto com ela. Era só que, por causa dos comentários de Ian, ele estava preparado para mais más notícias. Em vez disso, ela lhe deu sua honestidade e compreensão, e isso o fez amá-la ainda mais. Não fazia mais sentido negar que era isso.

— Estamos. Me desculpa — disse ele, sentindo-se um pouco exausto. Porra, a vida era muito mais fácil sem todas essas emoções chegando até ele o tempo todo. Makenna o abriu, e às vezes isso o fazia se sentir como um nervo exposto, sensível demais, vulnerável demais, desprotegido demais.

Ele sempre seria muito para aguentar, não é?

— Você não tem nada pra se desculpar — disse ela. — Me desculpa por você ter que lidar com isso.

— Não, fico feliz por você ter me contado — disse ele. E estava mesmo.

Às vezes, seu cérebro ficava preso num ciclo de negatividade, puxando-o numa espiral cada vez mais para baixo, e ouvir as palavras dela dizendo as coisas que ela disse era a melhor cura para quando isso acontecia. Ele precisava das suas palavras, assim como precisou delas na noite em que os dois ficaram presos no elevador. Na época, elas o impediram de sucumbir à claustrofobia. Agora elas o impediram de dar um microfone aos seus medos mais sombrios para que eles o convencessem de que eles eram reais. Nas duas vezes, ela o tirou da beira do precipício.

— E só pra constar, eu também gosto de você. Muito. — Seus sentimentos eram mais profundos que isso, obviamente, mas ele estava muito nu, muito ferido, para pensar em confrontar seus medos dizendo algo além disso naquele momento.

O sorriso dela estava radiante.

— Melhor coisa que ouvi o dia todo. — Ela apoiou as mãos no peito dele. — Olha, se você quiser voltar pra Virgínia, podemos ir hoje mesmo. Sei que o fato de Cameron estar aqui tornou essa viagem mais estressante do que deveria ter sido.

Caden negou com a cabeça na mesma hora.

— Não. De jeito nenhum. Estou gostando da sua família. — Bem, da maioria. — E eu sei que você ama estar aqui. Não quero ir pra casa antes do planejado. — De jeito nenhum ele faria isso com ela. Ele sabia como a família era importante para Makenna.

— Eu iria, por você. — Olhos azuis sinceros o encaravam.

Ele sabia que ela iria, e era parte do motivo de amá-la. Ele balançou a cabeça.

— E eu vou ficar por você.

7

Apesar de a manhã ter começado conturbada, Makenna passou um ótimo dia com sua família e Caden. Café da manhã, um almoço tardio cheio de deliciosas sobras e uma tarde de jogos de tabuleiro que fez todo mundo rir e provocar um ao outro. Sem Cameron por perto, toda a atmosfera mudou de tensa para tranquila, pelo menos era assim que ela sentia. Ela estava se coçando para confrontar Ian sobre o convite, mas não queria causar uma nova tensão.

Era tarde quando o grupo todo saiu do cinema depois de ver a última sessão de um novo filme de ação, a barriga cheia de comida chinesa e pipoca — todos queriam uma mudança de cardápio depois de várias refeições seguidas de peru recheado. As calçadas estavam salpicadas de pedras de sal e pedaços de gelo que não tinham sido retirados.

Dez centímetros de neve tinham caído ontem ao longo do dia, o que não era muito para a Pensilvânia. Mas a chuva gelada caiu durante a noite depois que a neve foi removida das ruas, o que significa que hoje dirigir estava mais arriscado que ontem, mas, felizmente, o pai dela e Caden não se importaram em levá-los ao cinema.

— Vão pra casa em segurança, crianças — gritou seu pai quando ele, Ian, Collin e Shima passaram pelo jipe de Caden em direção ao Ford Explorer do pai.

— Pode deixar — disse Caden, destrancando as portas. Makenna pulou no banco traseiro para Patrick poder ficar na frente.

Bocejando, Makenna prendeu o cinto de segurança e se jogou de costas no assento enquanto Caden saía do estacionamento. Ele seguiu o carro do pai dela pela área comercial ao redor do shopping até os arredores se tornarem suburbanos e depois quase rurais no caminho para casa.

Conforme as luzes sumiam, as pálpebras de Makenna ficavam pesadas. E, com Caden e Patrick conversando ao fundo, ela finalmente parou de lutar contra o sono e se permitiu cochilar.

Uma pancada súbita. Pneus cantando. O jipe deu uma guinada forte numa direção e depois na outra. Makenna estava tão desorientada, que não sabia o que estava acontecendo. As luzes à sua frente ficaram borradas.

— Merda — soltou Patrick.

O jipe parou de repente, jogando Makenna contra o cinto de segurança e tirando seu fôlego.

Os dois homens no banco da frente viraram para ela.

— Você está bem? — perguntaram.

— Estou. O que aconteceu? — Seus olhos finalmente se concentraram na cena diante do para-brisa. Dois carros estavam fora da estrada num cruzamento. Um deles era um Explorer. — Ai, meu Deus. Papai. — Ela soltou o cinto de segurança com agilidade.

— Makenna, liga pro 911. Patrick e eu vamos ver o que aconteceu — disse Caden. Sem esperar a resposta dela, ele saiu voando do banco do motorista, correu até o porta-malas, pegou alguma coisa e correu em direção ao acidente. Patrick já estava abrindo a porta do carro do pai.

Ela fez o que Caden pediu e levou o telefone ao ouvido enquanto saltava do jipe. Caden conseguira parar a tempo, seu jipe um pouco fora da estrada. Ele tinha colocado um cone laranja no canto traseiro do seu veículo.

— Nove-um-um, qual é a emergência? — disse o atendente.

— Estou ligando pra comunicar um acidente — disse Makenna, correndo em direção à cena. — Dois carros. Acabou de acontecer. — Ela olhou para a placa de sinalização enquanto passava por ela e deu o nome das ruas transversais para a localização.

— A polícia e os paramédicos foram enviados. Há algum ferimento? — perguntou a mulher.

— Ainda não sei. Meu irmão é policial e meu namorado é paramédico, eles estão verificando. — Makenna chegou ao carro do outro motorista primeiro. A parte traseira do lado do motorista tinha sido gravemente danificada. Ela acenou, e ele abriu a porta. — O senhor está bem? Estou na linha com o 911.

Ele se moveu com dificuldade.

— Acho que sim — respondeu ele. — Como estão as outras pessoas?

— Ainda não sei — disse Makenna, seguindo em frente. — O primeiro motorista disse que acha que está bem — explicou ela ao telefone.

— Pode me colocar pra falar com seu namorado ou seu irmão depois que eles avaliarem o outro carro? — perguntou a despachante.

— Posso. Vou chamá-los — disse Makenna. Ela não sabia como Patrick e Caden faziam esse tipo de coisa todos os dias, porque o simples ato de ligar para 911 fez a adrenalina fluir pelo seu sistema nervoso até ela tremer. Era mais que apenas o frio, ela tinha certeza disso. Com o pavor fluindo por seu corpo, ela se aproximou do lado do motorista da caminhonete do pai e viu que o para-choque estava amassado.

Patrick estava inclinado para dentro da porta do pai e Caden estava em pé ao lado da porta atrás do motorista, com um grande kit médico aberto ao lado. Ela olhou para dentro e viu Collin com a testa sangrando e fazendo uma careta. Ai, meu Deus.

— O atendente quer falar com um de vocês — disse ela.

Patrick estendeu a mão, e ela lhe passou o telefone. Ele se ergueu e se afastou do veículo.

Makenna se inclinou para dentro e tocou delicadamente no braço do pai. Os airbags tinham aberto dentro do carro.

— Papai, você está bem?

— Sim, sim, amendoim. O cinto de segurança só tirou meu fôlego. Vou ficar bem — disse com a voz rouca.

— Fica firme, Collin. Não quero que você se mexa até que possamos imobilizar seu pescoço, tudo bem? — pediu Caden, tirando um par de luvas e colocando outro. — Deixa eu ver seu pai. Já volto.

Makenna se afastou para deixar Caden passar, e Ian veio pelo lado do passageiro.

— Você está bem? — perguntou ela.

— Sim. Shima e eu estamos bem. Mas Collin não tinha colocado o cinto de segurança — disse Ian sem criticar, só preocupado.

Enquanto observava, Caden ouviu os batimentos cardíacos do pai dela e tomou seu pulso, depois desabotoou a camisa e examinou o peito dele com a luz fraca do teto.

— Como eles estão? — Patrick perguntou a Caden com o telefone ainda no ouvido.

— Collin tem uma leve lesão na cabeça, uma laceração no couro cabeludo e uma possível fratura de costela — disse Caden com a voz calma e confiante. O peito de Makenna se encolheu de preocupação enquanto Patrick transmitia a informação para o atendente. Caden continuou: — Mike está com a frequência cardíaca elevada e dor torácica reproduzível por palpitação e movimento, o que significa uma possível fratura no esterno. Pelo menos é isso que posso dizer sem outros exames.

Meu Deus, os dois precisavam ir para o hospital. Makenna não conseguia acreditar que isso estava acontecendo. Seu irmão repetiu o diagnóstico de Caden.

— Os paramédicos estão chegando — disse Patrick. — Estou ouvindo as sirenes.

Makenna também tinha acabado de ouvi-las.

— Tudo bem, Mike. A cavalaria está quase aqui. Eles vão te dar alguns medicamentos pra dor e você vai ficar novo em folha. Só tenta ficar sentado imóvel — disse Caden.

— Obrigado, filho. Estou bem — disse o pai de Makenna, a tensão na voz desmentindo as palavras.

Caden tirou as luvas e voltou para o banco de trás. Por mais que ela estivesse preocupada com o pai e o irmão, também estava um pouco fascinada ao ver Caden em ação: confiante, totalmente no controle, apressando-se para ajudar sem alguém ter que pedir. Exatamente para o que foi treinado.

Alguns minutos depois, dois carros de polícia, duas ambulâncias e um carro de bombeiros entraram em cena, suas luzes vermelhas e azuis circulando por tudo. Conforme as equipes saíam dos veículos, Patrick foi até os policiais e Caden se juntou aos paramédicos enquanto descarregavam macas e pranchas de imobilização da parte traseira do veículo. Ele estava concentrado numa conversa com eles, relatando claramente o que tinha descoberto sobre as condições dos homens.

Makenna se inclinou para o banco do motorista.

— A ambulância chegou. Aguenta firme — disse ela.

Seu pai lhe deu um sorriso tenso.

— Não se preocupe.

Quando os paramédicos se aproximaram do carro, Shima saiu do banco de trás, e era como se ela soubesse o que fazer, porque um dos paramédicos deu a volta e assumiu seu lugar, o outro se inclinando para dentro da porta de Collin como Caden havia feito.

Makenna e Ian também recuaram, abrindo espaço para as equipes fazerem seu trabalho. Caden se certificou de que eles tinham as informações de que precisavam e depois foi ficar ao lado dela. Seu olhar a percorreu.

— Você tem certeza que está bem? — perguntou ele tomando seu rosto nas mãos. — Eu sei que você estava dormindo quando aconteceu. Tentei parar com o máximo de delicadeza possível.

— Estou bem. De verdade. O que aconteceu?

Caden franziu a testa.

— O maldito gelo. O segundo motorista tentou sair da rua transversal sem tempo de espera suficiente e seus pneus traseiros pegaram no gelo, o que o fez parar no meio do caminho. Seu pai teve que desviar pra evitá-lo, mas também pegou um trecho de gelo e bateu no quarto painel traseiro do veículo antes de sair da estrada.

— Foi sorte o papai ter reagido tão rápido — disse Ian. — Eu tive certeza de que íamos bater na lateral.

Concordando com a cabeça, Caden disse:

— Poderia ter sido muito pior, com certeza.

— Já é ruim o suficiente — disse Makenna, com a garganta apertada.

— Vem cá — disse Caden puxando-a para o peito. — Eles vão ficar bem. Você vai ver.

— Graças a você — disse ela, olhando para ele. — Teria sido muito mais assustador se você não estivesse aqui.

Ele dispensou o elogio e massageou as costas dela.

Logo, as duas equipes de paramédicos estavam com o pai e Collin em macas. Eles avisaram Caden para onde estavam indo e disseram que a família teria que seguir num veículo separado. Enquanto as equipes colocavam as macas nos veículos, Patrick acenou para chamar Ian e Shima, que estavam com a polícia, aparentemente respondendo a perguntas.

Patrick se juntou a Makenna e Caden.

— Vocês quatro vão pro hospital. Vou terminar aqui e depois um desses caras me dá uma carona pra casa pra eu pegar o meu carro.

— Certo — disse Caden. Os dois homens apertaram as mãos.

— Obrigado por tudo, Caden. Foi muito importante — disse Patrick. — Me mantenha informado.

— Pode deixar. Eu queria ter feito mais — disse ele.

Depois que Ian, Shima e Caden deram suas declarações, eles entraram no jipe de Caden e fizeram a viagem silenciosa até o hospital. Shima se sentou ao lado de Makenna irradiando preocupação, e ela ficou comovida ao saber o quanto Shima estava preocupada com seu irmão. Ela realmente se importava.

Mas chegar ao hospital não lhes trouxe nenhuma resposta, porque, enquanto o pai e Collin estavam sendo avaliados, tudo que os outros podiam fazer era esperar. Depois de uma hora, Patrick também chegou, mas eles ainda não tinham notícias vindas da emergência, só tinham preenchido alguns formulários em nome dos dois homens da família James.

Caden foi uma dádiva de Deus durante todo o processo. Pegou café para todos. Ficou ao lado de Makenna. Segurou sua mão. Explicou a todos o que provavelmente estava acontecendo respectivamente com o pai e Collin, para que todos entendessem por que estava demorando tanto — os exames de imagem que ambos exigiam provavelmente eram parte da demora.

Teria sido muito mais difícil se Caden não estivesse lá. Mais que isso, parecia que ele *pertencia* àquele lugar. Como parte do clã James. Ao lado dela.

— Família de Mike e Collin James — chamou uma voz feminina.

Todos se levantaram ao mesmo tempo, ela e Patrick indo mais rápido para se juntarem à mulher perto da entrada da emergência.

— Só posso permitir a entrada de uma pessoa pra cada paciente — disse ela.

Makenna virou para Ian.

— Você se importa se eu for com Patrick?

— Não — respondeu Ian. — Me manda uma mensagem quando souber de alguma coisa.

Dando um rápido abraço e um beijo em Caden, Makenna concordou. Também acenou com a cabeça para Shima.

— Vou dar notícias a todos assim que possível.

8

Já havia amanhecido quando eles chegaram em casa. No fim, o pai de Makenna não tinha fraturado o esterno, estava apenas com uma contusão séria — o que era uma boa notícia. Collin tinha de fato uma costela quebrada, mas os exames de imagem da cabeça não apresentaram nada, e a laceração no couro cabeludo não incluía feridas no osso abaixo dele. Quando voltaram para a casa da família James, todos ajudaram a instalar Mike e Collin antes de caírem na cama.

— Você foi meu herói ontem à noite, sabia? — disse Makenna, meio adormecida ao lado de Caden em sua cama pequena. Mesmo exausta ela era muito bonita, com a luz da manhã destacando todos os tons de vermelho do seu cabelo.

Caden balançou a cabeça. Ele nunca se sentia confortável com essa palavra. Herói. Porque estava sempre se questionando se tinha feito o suficiente, bem o suficiente. Os heróis eram corajosos e destemidos, e nenhuma dessas qualidades descrevia um cara cheio de ansiedade. Ele se conhecia bem o suficiente para saber que essa era a verdade.

— Eu estava... só fazendo o meu trabalho. É isso que eu faço.

— Isso não te torna menos heroico — disse ela rolando pra perto para apoiar o queixo no peito nu dele. Ela passou o dedo na tatuagem da rosa. — As pessoas sobrevivem porque você se levanta e vai trabalhar, Caden. Isso é... isso é incrível.

Havia verdade no que ela dizia, mas ele ainda se sentia desconfortável ao pensar dessa maneira. Sempre pensou nisso mais como uma dívida, um pagamento ao universo pelo que alguém tinha feito por ele. E não apenas qualquer pessoa, mas David Talbot. Esse era o nome do paramédico que chegou primeiro à cena do acidente da sua família catorze anos antes. Esse era o nome do homem que salvou a vida de Caden e o puxou de volta da beira da loucura.

O carro tinha tombado numa vala de irrigação que corria pela lateral de uma estrada rural, de forma que os carros que passavam não conseguiam vê-lo na escuridão. Durante horas, Caden ficou preso de cabeça para baixo no banco de trás, a cabeça encravada entre o console central dianteiro e o banco do passageiro, o ombro deslocado, alguma coisa espetando na lateral. Ele chamou os nomes da família por muito tempo, mas ninguém respondeu. Ele gritou pedindo ajuda toda vez que as luzes de um carro piscavam na escuridão, mas ninguém apareceu. Caden desmaiou e acordou por horas, até que não conseguiu mais distinguir a realidade do pesadelo. Quando um caminhoneiro que passava finalmente parou, no início da manhã, Caden não respondeu aos chamados do homem para saber se eles estavam bem porque não acreditava que a voz era real.

Sua mente nunca deixou de pregar peças nele desde então.

— Estou feliz porque pude ajudar — ele disse finalmente, inclinando-se para beijar Makenna na testa. Ele passou os dedos nos cabelos macios dela. Nunca se cansou de brincar com eles, e achava que nunca se cansaria. — Vamos dormir um pouco.

Makenna beijou seu peito e se apertou com força na lateral do seu corpo, com a cabeça em seu ombro. Eles adormeceram rapidamente, mas a combinação do acidente com a ansiedade causada pelas conversas entreouvidas tinham retorcido seu subconsciente em nós que se desenrolaram em alguns dos piores pesadelos que ele teve nos últimos anos.

Todos começavam do mesmo jeito: com o pai dele perdendo o controle do carro, que capotava em uma série de solavancos que provocavam esmagamento e contusões até que finalmente parava de cabeça para baixo, o impacto lançando o corpo de Caden com tanta força que ele ficava preso no lugar, incapaz de se mexer.

Os finais que eram diferentes.

Em um deles, ninguém jamais chegou para resgatar Caden do acidente, e ele continuava lá até agora — um inferno em vida do qual ele nunca conseguiria escapar, o sangue ainda escorrendo pelo rosto por causa da ferida na cabeça.

Em outro, as pálpebras de seu irmão Sean se abriram no rosto sem vida, com os olhos mortos sem visão, mas muito acusadores enquanto encaravam Caden. Sean gemia: "Tinha que ser eu. Eu é que deveria ter sobrevivido", antes de desaparecer no ar.

No pesadelo do qual ele acordou ofegante, foi Ian quem apareceu primeiro na cena, e, quando ele olhou para dentro e viu Caden ali, disse simplesmente: "Ela merece coisa melhor que você", e se afastou enquanto Caden gritava e gritava.

Jesus.

Caden olhou para o lado e viu que Makenna havia se virado em algum momento. Ela devia estar esgotada para suas merdas não a terem perturbado, porque ele sabia que seus pesadelos frequentemente a acordavam. Era só mais uma coisa que ele odiava em si mesmo, pelo bem dela.

Ele soltou um longo suspiro. Caden estava exausto pra cacete. E era uma exaustão que não tinha absolutamente nada a ver com não ter dormido ontem à noite. Era uma exaustão que ele carregava na própria alma, que pesava seu espírito com pesar, culpa e falta de confiança, e ele não sabia como consertaria isso. Nem o que significaria se ele não conseguisse.

Finalmente, Makenna se mexeu ao lado dele.

— Ei — disse ela dando um sorriso sonolento.

Meu Deus, como ela era linda. Isso sempre o deixava sem palavras.

— Ei.

— Você dormiu? — perguntou ela.

— Ahã — disse ele. Um pouco, pelo menos. Se ela não tinha ouvido seus pesadelos, ele não precisava sobrecarregá-la com eles.

— Acho que eu não dormi o suficiente — disse ela, fazendo uma careta. — Estou meio enjoada.

— São três da tarde — disse Caden. — Perdemos duas refeições. Talvez comer ajude.

Eles se vestiram e encontraram Mike, Patrick e Ian reunidos ao redor da ilha na cozinha.

— Papai — disse Makenna, correndo até ele. — Como está se sentindo?

Ele soprou uma risadinha.

— Um pouco esgotado, mas vou ficar bem, amendoim.

— Eu queria poder ficar mais tempo — disse ela apoiando a cabeça no pai. Com uma careta, Mike colocou o braço em volta dela e a abraçou suavemente. O gesto foi tão casual em sua intimidade e ternura que roubou a respiração de Caden. Não porque houvesse alguma coisa especialmente singular em um pai abraçando a filha, mas porque, depois do acidente, o pai de Caden nunca mais o abraçou.

O acidente deixou seu velho com os próprios demônios, sem espaço para a relação de pai e filho que um dia tiveram. E isso fez uma versão bem mais nova de Caden acreditar que o pai também desejava que ele não tivesse sobrevivido. Ele se sentiu um fardo para o homem durante anos. Isso foi parte do motivo para ele ter começado a vestir a armadura de tatuagem.

— Não se preocupe com isso — disse Mike. — Collin e eu vamos ficar bem.

— Quer ficar e pegar o trem para casa quando estiver pronta? — perguntou Caden. Ele se sentia mal porque o fato de ter que trabalhar no dia seguinte abreviaria o fim de semana, mas o preço de tirar folga no feriado era uma série de turnos consecutivos, vinte e quatro horas por dia, sete dias por semana nos próximos dias.

Makenna suspirou e apoiou a mão no balcão.

— Não sei. De qualquer forma, tenho que trabalhar na segunda-feira.

— Você está bem? — perguntou Patrick. — Você está meio verde.

— Sem dormir e sem comer — disse ela.

— O que você quer? — perguntou Caden. — Vou fazer alguma coisa.

— Nós também estávamos falando de comida — disse Mike. — Ainda temos muitas sobras.

— Por que vocês dois não se sentam? — disse Caden para Mike e Makenna. — Podemos cuidar do jantar. — Ele olhou para Patrick.

— Claro — disse Patrick.

Makenna ficou na ponta dos pés para dar um beijo rápido em Caden ao passar por ele.

— Obrigada. — Era a primeira vez que eles faziam algo mais que ficar de mãos dadas ou se sentar juntos na frente de todo mundo, e Caden se preparou para uma reação. Mas não houve nenhuma. Nem mesmo de Ian, que andava bem quieto perto dele desde a noite anterior.

Os três esquentaram a comida e a colocaram na mesa. E, apesar de as palavras de Ian ainda estarem ecoando no fundo do cérebro de Caden, ele gostava dessa família. Apesar do desprezo de Ian. Mike era amoroso, simpático e generoso. Patrick era um cara legal e direto, e eles trabalharam tão bem na cozinha quanto no incidente da noite anterior. Collin era falante e engraçado, tranquilo e tolerante. E Makenna... Makenna era tudo de bom, leve e carinhosa.

Logo estavam todos reunidos para comer, inclusive Collin e Shima, que desceram quando o cheiro de peru e recheio começou a passear pela casa. Collin estava se movendo com dificuldade e parecia estar com os olhos meio turvos, mas ia ficar bem. E Caden estava feliz. Ele odiaria ver alguma coisa acontecer com a família que Makenna tanto amava. Porque ela merecia tudo.

A refeição foi tranquila em comparação com a conversa do dia anterior, mas foi real. Vida real. E, pela primeira vez, Caden realmente se permitiu imaginar fazendo parte dela.

Os últimos dois dias tinham deixado Makenna arrasada. Primeiro, a conversa inesperada com Cameron. Depois, o acidente. Então, uma virose a deixou enjoada e exausta. E, finalmente, ela mal tinha visto Caden nos quatro dias desde que voltara para casa, por causa dos turnos consecutivos para compensar a folga que ele tirou no feriado.

Por causa disso tudo, ela ficou muito feliz por eles terem esta noite juntos. Ele marcou hora para ela fazer sua primeira tatuagem, e Makenna estava empolgada. E um pouco nervosa. Ok, muito nervosa. Mas Caden estaria ao seu lado.

Quando o dia de trabalho finalmente terminou, Makenna pegou o elevador para o primeiro andar — seu elevador preferido, aquele que a fazia sorrir toda vez que andava nele pelo modo como havia mudado a sua vida — e se dirigiu para o metrô. Lá fora já estava escuro, e o ar frio atingiu a sua pele. Mas ela estava cheia de uma energia pura e frenética ansiando por esta noite.

Ao chegar ao seu apartamento, ficou entusiasmada porque Caden já estava em casa. Vestindo uma calça jeans e uma camiseta dos bombeiros, ele estava na cozinha tirando recipientes de sacos plásticos.

— Oi — disse ela. — Que cheiro bom é esse?

— Oi, Ruiva — disse ele com a voz baixa. Ele se voltou para ela. Por uma fração de segundo, algo em seu olhar pareceu errado, quase desanimado, mas depois ele deu um sorrisinho e seu rosto todo mudou. — Parei no restaurante de lámen.

— Você está bem? — ela perguntou, envolvendo os braços no pescoço dele.

— Sim — respondeu ele com um abraço. — O turno da noite passada foi ininterrupto, e não consegui dormir direito hoje.

— Aff, sinto muito — disse ela. — Obrigada por ter trazido comida. Eu amo este restaurante. — *E amo você.*

Ela pensava nisso com tanta frequência, ultimamente, que as palavras viviam na ponta da língua. Depois da conversa sobre Cameron, Makenna ficou muito tentada a dizer a Caden como se sentia, mas em alguns momentos durante o fim de semana, ele parecia estressado, e ela achava que o conhecia bem o suficiente para saber quando ele estava no limite. Eles iam chegar lá. Ela sabia disso. O jeito como ele a olhava, a maneira como cuidava dela, a forma como fazia amor com ela — tudo dizia que ele sentia o mesmo, apesar de não ter dito as palavras.

— Eu sei — disse ele com uma piscada. — Foi por isso que parei lá. — Seus lábios encontraram os dela, quentes e exploradores. Ela se deleitava com as pequenas espetadas dos piercings na sua pele enquanto ele a beijava uma e outra vez.

— Mmm, ótimo aperitivo — disse ela no canto do beijo.

Ele sorriu.

— Comida, depois tatuagem. E depois podemos voltar pros aperitivos.

— Tá bom — disse ela, fingindo estar incomodada. — Acho que posso aceitar esse plano.

— Está empolgada? — perguntou ele, voltando para a bancada.

Makenna não conseguiu conter o sorriso.

— Muito empolgada. Heath me mandou a versão final do desenho, hoje — disse ela. — Quer ver?

— Claro — ele respondeu pegando os talheres numa gaveta. Heath era o tatuador que tinha feito a maioria das tatuagens de Caden ao longo dos anos. — Ele é ótimo, não é?

Ela colocou as bolsas na beira da bancada e procurou o esboço. Encontrou o papel e se certificou de que era o correto antes de entregar a Caden — porque havia duas versões na bolsa. Uma para Caden ver e a que Heath ia usar para fazer o estêncil. Ela havia preparado uma pequena surpresa que ele não podia saber até a tatuagem estar terminada, e estava quase explodindo de empolgação.

Caden analisou o desenho por um longo momento.

— Está incrível, Makenna. De que tamanho você está pensando?

— Esse é o tamanho — disse ela. O círculo ao redor da árvore de nó celta tinha uns doze centímetros de diâmetro. No início, ela pensou que fossem fazer menor, mas Heath a convencera a fazer uma peça um pouco maior para que os buracos no centro dos nós continuassem distintos à medida que a tatuagem envelhecesse.

— Vai ficar linda pra caralho. Se bem que vai estar em você, então é óbvio que vai ficar linda. — Ele se inclinou e deu um beijinho carinhoso na bochecha dela. — Quer trocar de roupa enquanto eu arrumo tudo?

— Sim — disse ela. — Seria ótimo. — A cozinha, a área de jantar e a sala de estar eram um grande ambiente, com a porta do quarto dela na ponta. Ela parou ali e olhou para trás. Caden se movia por sua pequena cozinha de um jeito confortável e familiar, e ficava simplesmente maravilhoso ali. No espaço dela. Bem, agora no espaço *deles*.

Ele ainda tinha a casa em Fairlington, mas raramente dormia lá. E tinha tão poucos móveis, que ele preferia que eles não dormissem lá porque tinha medo de ela ficar desconfortável. A essa altura, uma parte dela não sabia por que ele ainda a mantinha.

— Que foi? — ele perguntou dando uma olhada cética para Makenna.

Ela sorriu e se apoiou no batente da porta.

— Andei no nosso elevador hoje.

Ele balançou a cabeça.

— Aconteceu alguma coisa interessante?

— Ah, eu fiquei presa com um desconhecido gostoso pra caramba e a gente se pegou no escuro. O de sempre — disse ela.

Ele deu um sorriso pretensioso.

— Isso nunca acontece.

Makenna jogou a cabeça para trás e riu. Ainda sorrindo, vestiu uma calça jeans e uma regata cor-de-rosa com as costas baixas, depois jogou um cardigã quentinho cor de caramelo por cima.

Encontrou Caden sentado à mesa posta, os recipientes de comida transbordando com vários tipos de lámen. O cheiro estava maravilhoso — apetitoso e picante, e ela podia comer tudo que via.

Por um instante, a expressão no rosto dele fez com que ela pensasse que ele estava chateado com alguma coisa, mas depois ele a viu e sua expressão se transformou num sorriso sexy.

— Gostoso pra caramba, né?

Rindo, ela se sentou ao lado dele.

— Está querendo confete, Grayson? Eu já disse que você era muito lindo.

— É, mas isso não é o mesmo que gostoso pra caramba. — Ele arqueou uma sobrancelha e, nossa, sua expressão fingindo ser presunçoso era excitante pra caramba com aquele piercing na testa e o V nos cabelos escuros.

Ela pegou o garfo.

— Tá, que tal o seguinte? Você é tão lindo e gostoso, que faz meu coração disparar e minha boca se encher de água e minha calcinha se derreter. Toda vez que te vejo. Que tal esse elogio?

O sorriso de Caden surgiu devagar, mas era sexy demais.

— Gostei da noite de tatuagem.

Ela riu e balançou a cabeça.

— Eu também.

9

A Heroic Ink ficava localizada na fronteira com Old Town Alexandria, na parte mais antiga da cidade que havia começado como um porto na época colonial. Localizada em uma rua pitoresca cheia de lojinhas e restaurantes, o estúdio de tatuagem aparentemente era bastante conhecido por sua especialidade em tatuagens militares, o que explicava todos os suvenires militares e fotografias de homens e mulheres das Forças Armadas em uma colagem gigante na frente da mesa da recepção.

Quando entraram pela porta da frente, a mulher de cabelos azuis atrás da mesa reconheceu Caden imediatamente.

— Ei, você — disse ela. — Já faz muito tempo.

— Eu sei, eu sei — disse Caden com a mão na lombar de Makenna. — Rachel, esta é Makenna James. Ela está aqui para ver o Heath.

— Oi, Makenna — disse Rachel, estendendo a mão altamente tatuada. — É muito bom te conhecer.

Makenna sorriu e apertou a mão de Rachel. A mulher era deslumbrante e muito simpática. Com cabelos curtos em dois tons de azul, um piercing no nariz e tatuagens por toda parte, daria para olhar para ela por uma hora e não ver tudo. E ela tinha um sorriso muito convidativo.

— Oi, Rachel. Estou empolgada por estar aqui.

— É sua primeira? — ela perguntou enquanto colocava um formulário em uma prancheta na sua frente.

— É. — Ela sorriu para Caden, que a observava enquanto ela assimilava tudo.

— Bem, vamos começar a festa — disse Rachel.

Em pouco tempo, Makenna estava sentada de frente para o encosto de uma cadeira, os cabelos presos num nó no topo da cabeça, e Heath estava aplicando o estêncil no centro da parte superior de suas costas, logo abaixo do pescoço.

Heath era do tipo quieto, o que provavelmente explicava por que ele e Caden se davam bem. Mas também podia ser engraçado e perversamente sarcástico, e ainda era bonitinho. Tinha cabelos castanhos curtos, uma barba cheia e bigode, e muitas tatuagens apareciam por baixo da camiseta de banda e calça jeans rasgada que ele usava.

Heath entregou um espelho a ela.

— Quer verificar o lugar?

Makenna foi até o espelho de corpo inteiro perto da cadeira e olhou por cima do ombro. Ela sentiu borboletas no estômago. O desenho era bonito e ela adorou, mas parte dela não conseguia acreditar que estava fazendo isso. Nunca teria sido corajosa o suficiente sem Caden.

Ela não se importou quando ele se aproximou para olhar, porque Heath estava deixando a pequena surpresa de lado até estar quase pronto para incluí-la.

— O que você acha? — perguntou ela a Caden enquanto analisava o desenho no espelho. Sob a árvore, as raízes eram formadas pelas iniciais M, E, P, I, M, C, dos seis membros da família James, incluindo a mãe, Erin. — Acho que está perfeita.

— Eu também — ele disse com o olhar fixo na pele dela. — Preparada?

— Muito — respondeu ela.

O beijo que Caden lhe deu foi profundo e molhado. Ele sussurrou em seu ouvido:

— Já estou ficando com tesão de pensar em você tatuada.

Bem, agora *ela* estava com tesão.

— Aperitivos depois, lembra?

Ele fez que sim com a cabeça, seu sorriso torto trazendo à tona uma das covinhas.

Heath deu algumas instruções a ela e, a seguir, a máquina de tatuagem ganhou vida com um zumbido baixo.

— Me avisa se precisar de uma pausa. Essa vai demorar um pouco, então não tem nenhum problema. — Ele mergulhou a ponta em um potinho de tinta preta, depois se aproximou, com a mão enluvada apoiada nas costas dela.

Makenna mordeu o lábio ao primeiro contato das agulhas. Doía um pouco, como uma coisa afiada a arranhando, mas era suportável.

— Não é tão ruim — disse ela a Caden, que estava sentado numa cadeira bem na frente dela.

— Vai ter uns pontos mais sensíveis, mas nada que você não consiga aguentar — disse ele com os olhos escuros cheios de um olhar sexy que era parte orgulho, parte satisfação e parte luxúria. Os aperitivos iam ser *bons*.

— Como está indo, Makenna? — perguntou Heath.

— Tudo bem — respondeu ela encarando Caden. — Sem problemas.

— Caden me contou que vocês se conheceram num elevador — disse Heath com diversão na voz.

— É verdade. Ficamos presos por mais de quatro horas — disse Makenna sorrindo. Era um pouco estranho conversar com alguém para quem ela não podia olhar, mas ela não podia se mexer enquanto ele estava trabalhando. — No prédio do meu trabalho. Andei nele hoje mesmo.

— É uma bela forma de conhecer alguém — disse Heath com uma risadinha. — Por que essas coisas não acontecem comigo?

— Talvez você não use elevadores o suficiente — disse Makenna. A máquina de tatuagem se afastou da pele dela. Heath riu.

— Acho que não — disse ele finalmente, aproximando-se de novo.

As agulhas atingiram um ponto sensível na coluna vertebral e obrigaram Makenna a fazer uma careta. Originalmente, ela pensou em colocar o desenho no ombro, mas, quando se decidiu pelo tamanho maior, pensou que ficaria melhor no centro. Heath tinha alertado que o desenho central significava tatuar por cima de ossos, o que poderia doer mais, e doeu mesmo.

Caden apoiou os cotovelos nos joelhos para poder se aproximar.

— Quer brincar de vinte perguntas? — quis saber ele.

Ela sorriu, pois entendeu que ele estava tentando distraí-la, e agradecendo muito pelo gesto.

— Ainda há perguntas que não fizemos?

— Provavelmente — ele respondeu. — Por exemplo, acho que nunca perguntei sua posição sexual preferida.

— Não ria — disse Heath, enquanto Makenna tentava conter o humor. O calor encheu suas bochechas. — Além disso, é informação demais. Se bem que eu gosto de informações em excesso, então fica à vontade pra responder, Makenna.

Como a agulha estava longe da sua pele, naquela hora ela riu.

— Ok, talvez haja perguntas que não fizemos. — Ela piscou para Caden enquanto Heath voltava ao trabalho. — E respondendo à pergunta, a segunda parte da noite no meu chão.

O olhar de Caden se derreteu. Ele mexeu nos piercings de picada de aranha com a língua. E isso fez partes *dela* se derreterem, porque ela sabia como aquela língua era talentosa pra caramba.

— E a sua? — ela perguntou arqueando uma sobrancelha.

— Na mesma noite, a primeira posição — disse ele, revirando outra vez o piercing. Então, a preferida dele era ela por cima. Essa também era quente. A posição dava a ela uma visão fantástica das tatuagens dele e de todos os piercings, sem falar no seu rosto sombriamente bonito enquanto ela o trazia para dentro de si várias vezes. Ela ainda ouvia a voz dele dizendo: *Me cavalga, Makenna. Me usa*. E a simples memória fez com que ela precisasse se contorcer no assento.

— Qual é o seu feriado preferido e por quê? — perguntou ela.

— Ação de Graças — ele respondeu imediatamente. — Porque este Dia de Ação de Graças foi o melhor em muitos anos. Quase o melhor que eu me lembre.

Ahhh. Essa resposta a atingiu no peito e fez com que aquelas palavras quisessem saltar da sua língua outra vez.

— O meu também sempre foi o Dia de Ação de Graças. Embora o Natal esteja bem perto em segundo. São as festas que parecem mais capazes de reunir a família.

Caden concordou com a cabeça.

— O que você mudaria na sua vida, se pudesse?

Ela o analisou por um instante, se perguntando se era apenas uma pergunta brincalhona no jogo ou se ele ainda estava pensando sobre os sentimentos dela em relação a Cameron. Mas a resposta era fácil.

— Eu não mudaria nada na minha vida.

Com a sobrancelha arqueada, ele lançou um olhar cético.

— Tem que ter alguma coisa.

Makenna pensou nisso por um longo momento, depois levou alguns segundos para respirar durante outro trecho de pele sensível.

— Hum, então eu queria que minha mãe tivesse vivido mais tempo pra eu poder conhecê-la. Por outro lado, sinceramente, se ela tivesse vivido, eu não sei se meu relacionamento com meu pai teria sido tão próximo. Eu odiaria perder isso. Posso perguntar a mesma coisa? — Ela não queria deixá-lo tenso na frente de Heath, mas ele fez a pergunta e devia saber que ela também ia querer perguntar isso a ele. Foi assim que eles jogaram no elevador naquela noite, o jogo que os ajudou a se aproximarem tanto.

Ele fez que sim com a cabeça de um jeito firme e acenou a mão para si mesmo.

— Eu me livraria da ansiedade e da claustrofobia e de todas essas merdas.

— Entendi — disse ela, odiando o fato de ele querer mudar uma coisa em si mesmo quando ela o amava *tanto* do jeito que ele era. Ela não queria perfeição, só queria ele. Em toda sua glória: lindo, engraçado, atencioso e, às vezes, angustiado. — Mas você percebe que, se não tivesse ficado claustrofóbico no dia em que nos conhecemos, talvez não tivesse me pedido para conversar com você naquele elevador. Talvez você não precisasse da minha ajuda, e talvez não nos conhecêssemos.

Ele inclinou a cabeça, os olhos se estreitando de um jeito que trazia à tona a dureza daquele rosto totalmente masculino. Finalmente, ele acenou de novo com a cabeça.

— Faz sentido. Sua vez.

Querendo aliviar o clima, ela pensou em alguma coisa engraçada para perguntar.

— Qual é a sua fala preferida de *A princesa prometida?* — Ela já estava sorrindo, porque algumas das suas preferidas vieram à mente. Filmes engraçados de todo tipo eram o negócio dos dois.

Caden sorriu.

— Quando Vizzini diz: "Inconcebível!" E Montoya diz: "Você só sabe dizer essa palavra. Acho que ela não significa o que você acha que significa". Ah, ou talvez quando Vizzini diz: "Para de rimar, é sério", e Fezzik responde...

— Alguém quer um amendoim? — disseram os três em uníssono. A agulha se afastou da pele dela, e todos riram.

— Tem muitas falas boas nesse filme — disse Heath.

— É verdade — disse Makenna, as bochechas doendo de sorrir. — Eu gosto do padre que pronuncia "casamento" como "casmento" e, claro, o clássico "Meu nome é Inigo Montoya. Você matou meu pai..."

— Prepare-se pra morrer — todos disseram juntos outra vez, e riram ainda mais.

As perguntas continuaram por um bom tempo. Eles falaram sobre coisas bobas, como o sabor de sorvete preferido, o que comeriam em sua última refeição e outro país que gostariam de visitar, já que nenhum deles tinha saído dos Estados Unidos. Perguntaram sobre coisas mais sérias, como que trabalho queriam ter se não pudessem exercer o atual e quais eram os principais itens na lista de coisas para fazer antes de morrer. Como sempre, a conversa foi divertida e interessante, animada e comovente. O papo deles sempre foi bom.

— Terminei quase dois terços — disse Heather. — Vamos fazer uma pequena pausa.

— Ok — disse Makenna, e se levantou para alongar.

Ela se sentiu tentada a olhar no espelho, mas queria muito esperar para ver a tatuagem pronta.

Caden ficou ao lado dela como se fosse olhar.

Ela virou para o outro lado.

— Você só pode ver quando eu puder, quando estiver pronta — disse ela, sem saber se Heath tinha adicionado a parte que Caden não conhecia.

— Ah, é assim, é? — perguntou ele com um sorriso malicioso.

— É exatamente assim. — Ela retribuiu o sorriso.

— Você está indo muito bem, sabe — disse ele. — É uma tatuagem grande para a primeira vez.

Ela verificou se Heath não estava logo atrás dela, depois disse:

— Gosto de coisas grandes. Você devia saber disso.

O sorriso que ele deu revelou que ele queria devorá-la.

— Já está na hora dos aperitivos?

— Pronta pra terminar? — perguntou Heath, sentando-se novamente em sua banqueta.

— Definitivamente — respondeu Makenna voltando para seu assento. — E, só pra constar, Caden, está quase na hora.

Caden adorou compartilhar essa experiência com Makenna e ainda estava impressionado com o fato de ela querer fazer uma tatuagem. Ele sabia que ela gostava muito das tatuagens dele, mas havia dito que sempre teve medo da dor. E ela mal reagiu o tempo todo.

Mas ele não estava surpreso. Makenna era suave e doce, mas podia ser durona quando era preciso — como quando ela apontava suas mentiras ou como era bem resolvida com relação à morte da mãe.

— Pronto — disse Heath depois de um tempo. — Terminou.

O sorriso que Makenna deu simplesmente ganhou Caden. De verdade.

— Posso ver agora? — ela perguntou. Heath entregou o espelho, e ela andou de costas em direção ao espelho maior. — Eu vejo primeiro — disse ela enquanto sorria para Caden e mostrava a língua. Por um bom tempo, ela se analisou, mudando o espelho de mão para lá e para cá, então seus olhos ficaram vidrados. — Eu amei — disse ela. — Heath, você é tão talentoso. Está incrível. — Sua alegria era palpável e iluminou Caden por dentro.

— Caden, gostei muito dessa mulher. Pode trazê-la a qualquer momento — disse ele com uma piscadela.

Makenna riu.

— É sério, está ótima. Muito melhor do que eu tinha imaginado.

— Bom, de nada — disse Heath.

— Posso ver agora? — perguntou Caden tomado pela curiosidade.

— Pode — disse ela com a expressão de repente tímida. Ela se virou e Caden se aproximou.

A tinta preta estava deslumbrante em sua pele clara. E ela estava certa: o trabalho de Heath foi meticuloso como sempre, nítido e limpo, executado com perfeição. Os nós celtas eram lindos, e a forma como a árvore se misturava com eles era interessante e única. Na base, seis iniciais em uma fonte de aparência antiga formavam uma curva entre as raízes da árvore: M, E, P, I, M, C.

Caden olhou mais de perto. O segundo M tinha uma letra menor pendurada num pequeno floreio: C.

— Fala alguma coisa — disse ela.

Ele encontrou o olhar dela no espelho.

— Está incrível — disse ele. — E ficou fantástica em você, como eu sabia que ficaria. O que é a pequena letra C? — Aquilo não estava no desenho que ela havia mostrado a ele antes.

Encontrando seu olhar fixo no espelho, a expressão dela estava tão, tão suave, e ela deu de ombro com timidez.

— O C... é pra você.

As palavras ficaram suspensas por um instante, e foi como se o ambiente se fechasse sobre ele.

— Pra mim? — ele se ouviu dizer como se estivesse longe. O sangue disparou por suas orelhas.

Ela fez que sim com a cabeça.

— Mas... mas esta... esta é a árvore da sua família — disse ele, a sala girando ao seu redor.

Num instante, ela estava bem na frente dele, com as mãos no seu peito e os olhos azuis brilhantes o encarando.

— Pra mim, é como se você *fosse* parte da minha família, Caden. E eu queria você ali.

— Eu... eu... não sei... — Ele balançou a cabeça, totalmente impressionado e rendido e dominado. — Quer dizer, isso é incrível. Eu só não acredito que você fez — disse ele, sem saber direito o que estava falando.

E aí, algo mais lhe ocorreu. Ela colocou a inicial dele no próprio corpo. Não era exatamente o mesmo que seu nome, mas era quase. E ele sempre ouviu que tatuar o nome da pessoa amada dava azar ao relacionamento. Era má sorte. E para ele havia algum outro tipo de sorte?

Era uma superstição idiota, claro. Mas a mesma coisa que ele tentando resistir a dizer "eu te amo" porque não queria desafiar o destino, os deuses do caos, ou quem quer que fosse responsável pelas coisas ruins que aconteciam com pessoas boas. Seu cérebro já estava imaginando as maneiras como a pequena curva de um C poderia ser facilmente transformada em outra coisa: um coração, um trevo, outro nó.

E, Jesus, ele estava pensando que não queria dizer a ela que a amava, sendo que ela o marcou permanentemente na própria pele.

— Ninguém jamais fez uma coisa dessas por mim, Makenna — ele enfim conseguiu dizer, seu cérebro ainda vagamente conectado à boca. — É... é incrível.

O sorriso dela era pura alegria.

— Espero que você não se importe. Depois que pensei nisso, parecia tão certo. Então decidi. Não importa o que aconteça, você vai ser sempre parte de mim.

Não importa o que aconteça...

— Vamos cobrir isso aí — disse Heath, acenando para ela se sentar na cadeira de novo.

Caden o observou nos cuidados com Makenna e o ouviu dar as instruções de cuidados, mas como se estivesse observando do outro lado do ambiente, de algum lugar fora do corpo. Seu coração disparou e seu peito ficou apertado.

Claramente, a tatuagem de sua inicial lhe causou ansiedade, mas o que ele disse era verdade: ninguém jamais tinha feito algo tão especial para ele. Nunca. Era só que, *porra*, isso o deixou assustado.

Aterrorizado, na verdade.

Depois de tudo que ele havia perdido, como poderia ter algo tão, tão bom?

10

Caden já estava louco por Makenna no minuto em que entraram pela porta do apartamento. Em um instante, foi para cima dela. Pressionou suas costas na bancada da cozinha. Jogou sua bolsa no chão. Tirou seu casaco.

Ele a estava usando. Sabia disso. Ele a usava para ajudar a desligar todas as merdas na sua cabeça. Porque, quando ele estava com ela, quando estava *dentro* dela, tudo ia embora. Sempre ia embora, porra.

Mas ela parecia estar na mesma sintonia. Arrancando a jaqueta dele, enterrando as mãos embaixo da camiseta, empurrando-a para cima. Eles trabalharam juntos.

Os beijos eram urgentes, profundos, brutos. Ele a devorava: a pele, a língua, os gemidos. Ele não se cansava dela.

— Ainda... tem... roupa... demais — soltou Makenna no meio de um beijo, as mãos puxando o botão da calça jeans.

— Meu Deus, eu preciso de você — disse ele, a mente cheia em um borrão, o peito ainda apertado por antes.

— Estou bem aqui — sussurrou ela. — Bem aqui.

Mas por quanto tempo?

O pensamento veio do nada e o deixou atordoado. Ele congelou, depois piscou. Como se alguém inesperadamente tivesse lhe dado um soco.

— Caden? — Respirando pesadamente, os lábios inchados, Makenna olhou para ele sob o brilho fraco lançado por uma luz embaixo de um dos armários.

Ele esperava que a escuridão escondesse as partes dele que não queria que ela visse. Como a escuridão fez no elevador.

— Preciso de você — disse ele outra vez, mergulhando de volta no beijo. Ele a puxou consigo enquanto seguia hesitante para o quarto. Os dois eram um emaranhado de mãos e beijos e roupas espalhadas. Quando chegaram à cama, Caden estava duro e dolorido e desesperado para se enterrar dentro dela.

— Camisinha. Rápido — disse ela.

Ele não poderia ter concordado mais. Colocou o preservativo num piscar de olhos e depois a virou de frente para a cama.

— Ajoelha — ele disse com a voz rouca.

Makenna engatinhou na cama, as costas arqueadas de um jeito lindo pra cacete, a bunda bem ali à espera. A tatuagem piscando pra ele por baixo do plástico de proteção na luz ambiente que entrava pela janela.

Ele não podia esperar.

Não podia.

Segurando o pau, ele encontrou a abertura dela e o enfiou em casa.

Ela o engoliu por inteiro. Como sempre fazia.

Enterrado profundamente, o corpo dela aceitando cada pedacinho dele e gemendo de prazer, todo o barulho entre os ouvidos dele cessou. Simplesmente se calou.

E foi um alívio tão grande, que tudo que ele podia fazer era ceder à incrível perfeição daquilo.

Seus quadris começaram a se mexer, mais lentos no início, mas logo mais rápido, perseguindo, precisando. Ele agarrou o quadril dela com uma das mãos e o ombro com a outra, concentrado na tatuagem — no C. Na forma como ela o assumiu quando ele não conseguia nem...

Não.

Ele fechou os olhos e se concentrou na fricção escorregadia do corpo dela aceitando o dele, na suavidade da pele dela na dele. Os sons de respiração ofegante, e dos corpos colidindo, e o fluxo de gemidos que saíam dos lábios de Makenna encheram o quarto, e ele se concentrou nisso também.

Funcionou. Bem até demais. Porque, do nada, seu orgasmo era uma força imbatível.

— Porra, eu vou gozar — disse ele com os dentes cerrados. Seu pau repuxou a cada espasmo, seus quadris se moveram em estocadas pontuais enquanto terminava. Ele estava quase entorpecido com a intensidade daquilo. — Merda, me desculpa — disse, afastando-se dela. Era a primeira vez em todo o tempo em que estiveram juntos que ele não cuidara de Makenna primeiro.

Porque você não estava realmente com *ela naquele momento, estava?*

Ela virou de lado, seu sorriso aparente na luz fraca.

— Por que você se desculpou? Isso foi muito sexy.

Ele descartou a camisinha, depois voltou para ela na cama.

— Deixa eu compensar você, Ruiva — disse ele, deitando-se atrás dela com a mão deslizando sobre seu quadril.

— Caden, talvez você não consiga ver a expressão de êxtase no meu rosto na escuridão, mas confia em mim, não estou reclamando. — O humor estava claro na sua voz, o que significava que ela não tinha se dado conta de como ele estava fora de si.

— Eu quero que você goze — sussurrou ele no ouvido dela, certificando-se de não apertar a tatuagem. A pele ficaria frágil por alguns dias. Ele puxou a coxa dela sobre a dele, abrindo o âmago dela para o seu toque. — Eu sempre quero que você goze. — Ela estava molhada e quente, e seus quadris apertaram seus dedos quando eles giraram num círculo firme sobre seu clitóris.

Com um gemido longo e baixo, ela encostou o rosto no dele o suficiente para Caden distinguir sua expressão. Com os olhos fechados, ela parecia extasiada, feliz, confiante. E, em vez de isso fazer com que ele se sentisse melhor, de repente o fez se sentir uma fraude. Porque ele não conseguia dar tudo de si, certo? Ele não ia revelar tudo dele para ela, certo? Ele não deveria sobrecarregá-la com todas as dúvidas e medos e incertezas que se acumulavam dentro dele ultimamente, deveria?

Com os olhos bem fechados, Caden apoiou a testa na de Makenna e se concentrou em acariciá-la do jeito que ela gostava. Ele precisava dar isso a ela. Pelo menos isso. Se não tudo o que ela merecia.

Ela merece coisa melhor que você.

— Ai, meu Deus, eu vou gozar — disse ela, seus quadris se agitando. — Ai, meu Deus. — Seu corpo estremeceu durante o clímax, e ela soltou um longo suspiro. — Uau. Os aperitivos são demais.

Caden teve que pigarrear para que sua voz soasse meio normal.

— São mesmo.

Ela riu e se virou, enterrando o rosto no peito de Caden. Eles ficaram ali por um bom tempo até que ela finalmente bocejou.

— Estou tão cansada.

— Eu também — disse Caden, provavelmente não pelos mesmos motivos.

— Podemos dormir assim? — ela murmurou.

— Tudo que você quiser — disse ele, querendo que fosse verdade. Porque ele não era burro. Uma mulher que queria que você conhecesse a família dela e que tatuou sua inicial no corpo queria mais. Talvez quisesse tudo. E ele se sentia tão incrivelmente privilegiado por Makenna James talvez querer tudo com ele. Mas também se sentia indigno.

Sempre.

— Acho que tenho que cuidar da tatuagem primeiro — disse ela, empurrando o corpo para cima. Ela acariciou os dedos na tatuagem tribal na panturrilha dele. — Você me ajuda?

— Claro — respondeu Caden esfregando a cicatriz na lateral da cabeça. — Já vou.

— Tá bom. — Ela deu um sorrisinho por sobre o ombro antes de se levantar. A luz se acendeu no banheiro, lançando um raio de claridade no quarto.

O que significava que era hora de sacudir essa porra toda. Porque, assim como naquele elevador, a escuridão só o esconderia por um tempo.

O enjoo fez Makenna se lançar para fora da cama e atravessar o quarto. Ela vomitou tudo que tinha comido no jantar na noite anterior e, possivelmente, algumas coisas que comera duas semanas antes, dada a quantidade de vezes que passou mal.

Droga. Como se sentiu melhor ontem, achou que tinha superado a virose. Talvez ela devesse ir ao médico. Tremendo, deu descarga, depois se ergueu e foi até a pia para enxaguar a boca.

Foi quando lhe ocorreu.

Ela estava atrasada.

Não, ela não podia estar...

Houve uma vez em que a camisinha rasgou quando Caden saiu, mas Makenna ficara menstruada uma vez depois disso. É verdade que o fluxo tinha sido leve. Mas suas menstruações sempre foram assim: leve num mês, mais pesada no seguinte; descendo vinte e oito dias depois, e trinta e um no seguinte. E foi por isso que ela não deu muita importância para o atraso.

Só que esse enjoo a fez refletir.

Não.

Não.

Merda.

Com os pensamentos girando, ela se arrastou de volta para o quarto, sem saber o que ia dizer, e encontrou a cama vazia.

— Caden? Oi? Pra onde você foi? — Ela encontrou os outros cômodos escuros e vazios. Que diabos?

Acendendo a luz da cozinha, encontrou um bilhete na bancada.

Ruiva,
Eu não quis te acordar. Lembrei que precisava de uma coisa da minha casa antes do turno, por isso saí cedo. Falo com você mais tarde.
—C

Makenna franziu a testa. Em todo o tempo que estavam juntos, ele nunca tinha saído antes de amanhecer. Com um suspiro, ela passou os dedos nos cabelos. Não que isso significasse alguma coisa. Ah, dane-se, ela só estava meio fora de órbita por causa da talvez-mas-provavelmente-não-revelação-no-banheiro. De volta ao quarto, ela desconectou o celular do carregador e mandou uma mensagem de texto.

Senti falta de acordar vendo seu rosto deslumbrante. Tenha um bom dia! Beijos

Ela não recebeu uma mensagem na hora, mas ele nunca mandava texto enquanto dirigia e, pela hora, provavelmente estava a caminho da estação. Makenna se jogou na beira da cama.

Será que realmente estava grávida? Seu estômago deu uma revirada que a fez envolver os braços em si mesma. Droga. De jeito nenhum ela ia conseguir passar o dia todo no trabalho sem descobrir.

Ela se esforçou para se levantar, vestiu uma calça legging, um moletom e um par de botas de malha cinza, e passou uma escova nos cabelos. Então se embrulhou no casaco e pegou a bolsa, e aí era uma mulher com uma missão. Esta era uma das coisas que ela amava no lugar onde morava: a pequena área urbana de Clarendon tinha tudo de que você poderia precisar, quase tudo à distância de uma caminhada. Inclusive uma farmácia, a apenas dois quarteirões de distância.

Em pouco tempo, ela estava parada na frente de uma prateleira repleta de testes de gravidez. E, meu Deus, por que tantos? Sinais de mais, sinais de menos, uma linha, duas linhas, palavras, símbolos.

Isso é ridículo. Certo? Não preciso disso.

Só que... talvez eu precise?

Tire suas calcinhas de adulta e faça xixi num palito e você vai saber com certeza.

Certo.

Com um suspiro, Makenna pegou um teste que afirmava ser capaz de fornecer resultados mais rápidos. E aí pegou outro que não só tinha as palavras "grávida" ou "não grávida", mas também estimava quantas semanas tinham se passado desde a última ovulação. Impressionante.

Ela voltou para o apartamento rapidamente e, pela primeira vez desde que conhecera Caden, ficou feliz por ele não estar lá. Só porque não queria sobrecarregá-lo com o susto de um possível bebê sem saber se havia mesmo algo com que se preocupar. Se ela achava que ele não estava pronto para ouvir *eu te amo*, só poderia imaginar que seu despreparo para ouvir *estou grávida* provavelmente seria um zilhão de vezes maior.

Colocando a sacola na pia do banheiro, Makenna teve um pensamento muito estranho: ela não sabia qual resultado preferia. O que não fazia sentido, já que ela tinha vinte e cinco anos e eles estavam juntos havia menos de três meses, mas o pensamento estava ali do mesmo jeito.

Com o coração na garganta, ela abriu as caixas e enfileirou os palitos de plástico — dois de cada. Usou todos, só para quadriplicar a certeza. E aí esperou. E seu pulso acelerou. E sentiu um frio na barriga.

E os resultados vieram.

Mais. Mais. Grávida 3+. Grávida 3+.

Makenna encarou as janelinhas como se estivesse tentando decifrar sânscrito.

Mais. Mais. Grávida 3+. Grávida 3+.

Ela estava grávida. E fazia mais de três semanas que havia ovulado? Com quantos meses ela estava? Ela jogou sobre a tampa do vaso sanitário e enfiou a cabeça nas mãos.

Ai, meu Deus. Aideusaideusaideusaideus.

Okay. Não pira.

Certo. Vou fazer isso logo depois que eu surtar!

— Para. Pensa com calma — disse ela em voz alta. Uma ideia veio à sua mente e ela buscou o celular. Ligou para o consultório da sua médica e descobriu como fazer um exame de sangue; é bom começar a confirmar isso.

Tomou um banho rápido e se vestiu para trabalhar, com a intenção de parar no caminho para fazer o exame de sangue e ter uma chance de receber os resultados antes do fim de semana. Porque, embora ela soubesse o resultado — testes de gravidez caseiros eram precisos demais para dar quatro falsos positivos —, ela ainda queria o resultado oficial. E suspeitava que Caden também ia querer.

Encarando o espelho do banheiro, seu olhar desceu até a barriga.

— Estou grávida — sussurrou para si, como se estivesse revelando um segredo. E achou que estava. Porque de jeito nenhum ela ia contar ao Caden até saber tudo o que havia para saber.

11

Os pesadelos estavam piorando. Eles o atormentaram pelo pouco tempo em que Caden tinha conseguido dormir na noite anterior, então ele se levantou e caminhou pela sala, e acabou indo embora para não ter que encarar os olhos espertos de Makenna pela manhã. E, durante o longo período sem chamados que eles tiveram no turno de hoje, ele adormeceu e os pesadelos voltaram.

Todos começavam igual.

Os finais é que eram diferentes.

Em um deles, eram Makenna e ele que estavam no banco de trás quando o carro virou, e Makenna não sobrevivia, mas ele sim. Ele chamava o nome dela repetidamente, mas ela não respondia.

Em outro, Sean se transformava em Makenna em uma versão anterior do sonho. Eram os olhos dela que o acusavam. Era a voz dela que dizia:

— Tinha que ser eu. Eu é que deveria ter sobrevivido.

Numa reviravolta completamente nova de seu subconsciente, Caden se transformava no próprio pai e Makenna, em sua mãe. Quando o carro virava, Makenna tinha o destino da mãe dele, batendo a cabeça na janela lateral, tendo o pescoço quebrado e morrendo na hora. E Caden não só estava preso de cabeça para baixo sabendo que tudo o que ele amava tinha desaparecido, como também sabia que era culpa dele.

Ele havia perdido o controle. E ela pagou o preço.

Então, quando um chamado surgiu na estação, a cabeça de Caden estava um maldito desastre, o que provavelmente explicava por que ele teve seu primeiro ataque de pânico enquanto atendia no local de um acidente. A culpa foi do cabelo. Os longos cabelos ruivos da motorista.

Sua mente agiu como sempre, e, durante longos segundos, ele teve certeza de que seus piores temores tinham se tornado realidade. Makenna estava morta naquele carro.

Não importava se Makenna raramente dirigisse. Nem que o carro do acidente não fosse igual ao pequeno Prius dela. Ou que não houvesse nenhum motivo para Makenna estar na Duke Street, perto do Landmark Mall, às quatro da tarde, já que trabalhava a quilômetros de distância, em Roslyn.

Seu cérebro não era lógico em momentos como esses.

Constrangimento à parte, o pior era que ele poderia ter colocado a vida de um paciente em risco. No final, as lesões da mulher não eram muito graves. Mas essa não era a questão. Ele estava totalmente fora de controle, e não sabia o que diabos fazer em relação a isso. Caden não ficava tão mal havia anos.

Mas também, havia anos que ele não tinha nada a perder.

Agora tinha. E *ele* estava se perdendo.

Quando voltaram para a estação, seu capitão o chamou em sua sala.

Exausto e esgotado, Caden se jogou na cadeira em frente à mesa do capitão. Com seus quarenta e poucos anos de idade e prematuramente grisalho, Joe Flaherty tinha sido supervisor de Caden durante os nove anos em que ele trabalhara nesta casa, e estava ciente dos antecedentes de Caden. Assim como alguns dos caras.

Via de regra, Caden não decepcionava — chegava cedo, saía tarde, assumia turnos extras, cobria os caras que tinham família, deixava seu equipamento limpo e bem abastecido e fazia o trabalho com o máximo da sua capacidade. Todos sabiam que ele era confiável. Bem, até hoje.

— O que aconteceu lá, Grayson? — perguntou Joe com a voz preocupada, mas não grosseira.

Caden esfregou o rosto.

— Tenho tido problemas pra dormir — disse Caden. — Os pesadelos com o acidente têm voltado por algum motivo. — Ele balançou a cabeça querendo ser sincero, mas não querendo dizer mais que o necessário. Ele encarou o olhar de Joe. — Quando vi a mulher, pensei que fosse Makenna.

Com uma expressão pensativa no rosto, Joe acenou com a cabeça.

— Todos vemos alguém que amamos no rosto de um paciente em algum momento, então não se torture por isso — disse ele. — Você tem falado com alguém sobre os pesadelos?

Ele balançou a cabeça de novo. Caden não procurava algum tipo de terapia havia anos. Tinha resolvido as coisas. Estava sob controle. Tinha aprendido maneiras de lidar com essa merda.

Só que, claramente, agora não era mais assim, certo?

— Talvez você precise pensar nisso. Por causa do seu histórico, eu sempre achei que você teria problemas pra atender a acidentes com veículos motores. O verdadeiro milagre, considerando a natureza potencialmente letal do seu acidente e seu transtorno de estresse pós-traumático, é que você não teve. E eu estava de olho em você.

Caden sabia que era verdade. E entendia o motivo. Em algum nível, ele até gostou disso. Antes das suas primeiras vezes nas ruas, ele também não sabia como reagiria. Mas tinha estado tão empenhado em pagar sua dívida, em ajudar como Talbot o ajudara, que nunca teve problema. As cenas de acidentes nunca foram um gatilho para ele como poderiam ser para outros sobreviventes de batidas.

O acidente o havia marcado fisicamente, mas o trauma emocional decorreu de suas consequências. De perder a família. De sobreviver ao que eles não tinham sobrevivido. De ficar sozinho com seus cadáveres — porque só ficou sabendo mais tarde que o pai havia sobrevivido. De ser deixado sozinho no carro e todos os anos seguintes, quando o pai o afastou. Do fato de ter demorado tanto tempo para alguém ajudá-lo, que ele não sabia se a pessoa era real.

Caden concordou com a cabeça.

— Eu não tinha percebido que as coisas estavam me atingindo tanto quanto aparentemente estão. Vou cuidar disso.

Os olhos de Joe se estreitaram.

— Não tente fazer isso por conta própria. Se o seu transtorno de estresse pós-traumático está se manifestando a ponto de causar pesadelos e ataque de pânico, alguma coisa está te estressando. Vai falar com alguém. Isso é uma ordem. Não me obriga a tirar seus turnos.

Com um bolo no estômago, Caden esfregou a mão sobre a cicatriz.

— Tá. Ok.

— Agora vai pra casa — disse Joe. — Dorme um pouco. E pergunta pra Makenna quando ela vai trazer mais daqueles brownies cobertos de chocolate.

— Ainda estou em serviço — disse Caden.

— E eu estou dizendo pra você ir. O terceiro turno começa em breve, então estamos cobertos. Isso não foi uma sugestão. — Joe arqueou uma sobrancelha.

Porra. Caden não tinha sido mandado para casa nenhuma vez em nove anos. E, mesmo que nada no tom ou na expressão de Joe o fizesse pensar que havia algo punitivo ou mesmo irritado nessa ordem, Caden ainda sentia que estava decepcionando seu capitão, seu posto, sua família — a única que ele tinha.

Este era o único lugar onde ele sempre estava sob controle.

Levantar exigiu mais esforço do que ele queria admitir. Ele ficou atento, a espinha ereta, a cabeça erguida.

— Dispensado — disse Joe.

Caden foi rápido para casa — para a casa dele em Fairlington, que ficava a apenas três quarteirões de distância. Makenna ainda não estaria no apartamento, e de qualquer forma ele estava muito sensível para ficar perto dela naquele momento.

E foi por isso que ele enviou para ela uma mensagem de texto mentirosa.

Voltei pra casa doente. Gripe ou algo assim. Vou dormir aqui por alguns dias pra não te contaminar. Falo com você mais tarde.

Encarou as palavras por um instante, depois apertou *Enviar.* Talvez não tenha sido tão mentirosa. Alguma coisa *estava* errada com ele. E ele não queria sobrecarregá-la com isso. Pelo menos, não até descobrir o que precisava fazer.

Makenna estava enlouquecendo. Sentada encolhida no sofá, ela repassou os canais na TV a cabo por quinze minutos e não encontrou uma única coisa que valesse a pena assistir. Como isso era possível? Mas não era isso que a estava deixando louca, na verdade.

Não, ela estava enlouquecendo porque fazia três dias que não via Caden. Eles trocaram mensagens de texto durante todo o fim de semana, mas ele ainda estava doente e não queria deixá-la doente. Ela estava morrendo por não ir ajudá-lo, mas ele ficava insistindo para ela não ir.

Além disso, estava enlouquecendo porque tinha recebido os resultados oficiais de seu médico, e eles confirmaram o que ela já sabia. Ela estava grávida.

Mas também disseram algo que ela não sabia — com base no exame de sangue, ela poderia estar com oito semanas de gestação. O que significava que tinha mesmo acontecido quando a camisinha rasgou, em outubro. *Saber* que estava grávida era a única coisa que a impedia de ajudar Caden quer ele quisesse ou não. Ela provavelmente não deveria arriscar ficar doente.

Considerando o tempo de gravidez, o consultório do médico tinha conseguido encaixá-la para fazer um ultrassom na terça-feira.

E parte do que a estava deixando louca era não saber se deveria contar a Caden antes de terça-feira para ele poder ir, ou fazer o ultrassom sozinha e garantir que o bebê estava saudável antes de falar com ele. Ela sabia que provavelmente estava pensando demais no assunto e não dando crédito a ele, mas ficar todo esse tempo sozinha foi o pior momento possível e a fez pensar em tudo de ruim que poderia acontecer.

E toda essa loucura era agravada pelo fato de que ela achava que deveria contar a mais ninguém *antes* de Caden. Ela tinha se segurado para não ligar para sua melhor amiga, Jen, que, de qualquer jeito, estava fora da cidade numa viagem de compras de Natal com a mãe. Além de Jen, suas outras amigas mais próximas eram as companheiras de quarto da faculdade, e nenhuma morava nos arredores de Washington, D.C. E, de qualquer forma, ela não era mais próxima delas a ponto de ficar à vontade para ligar e jogar nelas a bomba: *Oi, estou grávida e com medo que meu namorado surte.* Nessa hora, parte dela queria ter mais amigas, mas ela sempre teve mais facilidade para fazer amizade com homens. Ela sempre achou que era porque tinha crescido cercada por homens.

O que a fez pensar no que ia dizer à família — e quando. Patrick sempre a apoiou em todo tipo de assunto. Como era muito mais velho que ela, Ian e Collin, ele ajudou muito o pai quando eles eram pequenos. Mais tarde, virou quase seu mentor quando ela tinha de tomar decisões sobre faculdade e carreira. E seu pai nunca foi nada além de incrivelmente compreensivo, mesmo quando ela foi a primeira da família a sair da região da Filadélfia. Mas contar a um homem da família James seria o mesmo que contar a todos, e isso definitivamente não era algo que ela estava pronta para fazer.

E era por isso que, às quatro da tarde de domingo, ela ainda estava de pijama e com um saco inteiro de M&Ms de amendoim vazio na mesa ao lado.

Pelo menos M&Ms de amendoim tinham proteína.

Desculpe, meu pequeno amendoim. Vou melhorar.

Makenna suspirou.

E decidiu que não aguentava mais.

Uma mulher com uma missão, ela desligou a TV e marchou diretamente para o chuveiro. Depois de limpa, desajeitada, conseguiu aplicar Aquaphor na tatuagem, que não estava mais dolorida, mas havia começado a coçar. Jogou umas roupas confortáveis sobre o corpo, enfiou os pés em botas e pegou a bolsa e o casaco. E foi fazer compras.

Ela tinha um kit cuidados para montar.

No mínimo, ela precisava *ver* Caden, mesmo que não ficasse lá.

Pensando no que gostava de comer quando não estava se sentindo bem, ela perambulou pelo supermercado pegando canja e biscoitos, picolés e ginger ale, saquinhos de chá para fazer quente e pão para fazer torrada, entre outras coisas. Como Caden tinha ficado muito pouco lá nos últimos dois meses, era impossível que tivesse muita comida em casa, o que a fez se sentir mal por não ter feito isso antes. Ela pegou remédios para dor e pastilhas de garganta e Pepto Bismol.

E aí passou pelo corredor cheio de itens de festas. Embalagens de presente, decoração, doces e brinquedos faziam o corredor parecer que o Polo Norte havia explodido no meio do supermercado. Makenna pegou um saco de M&Ms de amendoim para Caden, porque ele também gostava. Uma prateleira de bichos de pelúcia chamou sua atenção e, mesmo sendo meio piegas, ela se aproximou.

O que dizia *Melhoras!* melhor que um bichinho de pelúcia? O fato de ela estar pensando em dar isso a um cara grande, tatuado, com piercings e cicatrizes também deixava a situação meio engraçada — e qualquer coisa que o fizesse sorrir parecia uma boa ideia. Além disso, Caden pode parecer um pouco durão, mas por dentro é um grande ursinho. E ela sempre adorou essa dicotomia nele.

E aí ela viu o carinha perfeito.

Era um ursinho marrom com costura preta aqui e ali, como se tivesse sido costurado à mão ou consertado. Tinha a cara amável e um coração de retalhos vermelho ainda mais amável no peito. E alguma coisa nas costuras e no coração fez ela se lembrar de Caden. Sem pensar demais, ela o pegou e o jogou no carrinho.

Era uma curta viagem da loja até a casa de Caden. Ela sempre gostou do lugar onde ele morava em Fairlington. Construído na década de 1940 para abrigar os trabalhadores do então novo prédio de escritórios do Pentágono, o bairro era uma coleção de casas de tijolos vermelhos agrupadas ao redor de pequenas ruas sem saída. Eram encantadoras e perto de tudo, e algumas delas eram surpreendentemente espaçosas, incluindo a de Caden, que tinha dois quartos e um porão habitável.

Enquanto estacionava o Prius em uma das vagas de visita, isso a fez pensar.

Ela vinha se perguntando por que ele não se livrava da casa *dele*. Com o bebê, seria muito mais sensato eles se livrarem da casa dela. A casa de Caden tinha facilmente o dobro da metragem quadrada do seu apartamento, e ele nem usava o quarto ao lado do dele, que daria um perfeito quarto de bebê.

Enquanto encarava a frente da casa dele, sentiu um frio na barriga. Obviamente, ela estava se adiantando. Mas pensar sobre onde o bebê ia viver era só uma das cerca de um milhão de coisas que ela agora tinha que considerar. Bem, eles. *Eles* tinham que considerar. Ela precisava parar de pensar nisso como se estivesse sozinha.

Ela tinha Caden.

E, neste momento, ele precisava dela.

Makenna pegou todas as sacolas do carro e as arrastou até a varanda da frente. Teve que colocar algumas no chão para bater na porta.

Ela se abriu em menos de um minuto.

— Makenna? O que você está fazendo aqui? — perguntou Caden, claramente surpreso em vê-la. Usando um par de calças de moletom e uma camiseta esfarrapada, ele era um colírio para os olhos, fazendo-a ter vontade de jogar os braços ao redor dele e mergulhar em seu peito. Mas também tinha olheiras escuras e quase fundas, como se não dormisse há dias, e algo na sua cor não estava certo. Ele realmente não parecia bem.

— Senti saudade demais pra continuar longe, então trouxe um kit cuidados pra você. Bem, ele meio que cresceu e virou uma compra de mercado de cuidados, mas dá na mesma. — Ela sorriu, apesar de estar explodindo por dentro de vontade de contar a novidade. — Não vou ficar se você não estiver a fim, mas pelo menos me deixa guardar isso pra você e talvez fazer uma tigela de sopa, ou alguma coisa assim. — Ela estava imaginando ou o rosto dele parecia mais magro também? Meu Deus, ela realmente deveria ter vindo antes.

Ele franziu a testa, mas concordou com a cabeça, depois se abaixou e pegou as sacolas que ela colocou no chão da varanda.

— Você não precisava fazer tudo isso — disse ele levando-a para dentro. — Mas obrigado.

— Claro que precisava — disse ela enquanto os dois atravessavam a sala aberta de estar e de jantar até a pequena cozinha no fundo da casa. — Eu estava morrendo de vontade de vir cuidar de você, mas não queria te acordar, caso estivesse dormindo ou alguma coisa assim. Mas aí eu comecei a me preocupar com você aqui precisando de ajuda, comida ou remédio e sendo teimoso demais pra pedir o que precisava. — Ela deu um sorriso complacente para ele.

Ele deu uma risadinha enquanto os dois colocavam tudo nas bancadas.

— É. Bom. Você me conhece.

— Então, o que está acontecendo? É uma virose? Gripe? — ela perguntou começando a esvaziar as sacolas.

Com a sobrancelha franzida, Caden cruzou os braços e se apoiou na bancada.

— É. Hum, meu estômago. Mas está começando a melhorar. — Olhando para o chão, ele levemente deu de ombros.

E havia alguma coisa tão... quase... derrotada no gesto e na postura que Makenna imediatamente parou o que estava fazendo e foi até ele.

— Eu não ligo se você está doente. Vou te abraçar. — Ela envolveu delicadamente os braços ao redor da cintura dele e o abraçou. E, caramba, ele também *parecia* um pouco mais magro. — Você tem se sentido muito mal?

Os braços de Caden a envolveram com um longo suspiro. Como se estivesse precisando dela.

— Nada que eu não aguente — disse ele com a voz baixa.

O que provavelmente significava que ele estava vomitando até o cérebro. Tadinho.

— Você não precisa lidar com isso sozinho, sabe. Eu teria vindo antes. Eu teria dormido aqui pra cuidar de você.

— Eu não queria ser um fardo. — Ele passou o rosto no cabelo dela.

Com o coração apertado, ela recuou para olhar nos olhos dele.

— Caden, você *nunca* seria um fardo pra mim. Não importa do que precise, eu estarei com você. Toda vez. Você sempre pode contar com isso. Está me ouvindo? — Como ele ainda não sabia disso? Essa pergunta fez com que ela quisesse colocar *todos* os seus sentimentos na mesa. Se ele soubesse que ela o amava, saberia que era tudo verdade. Mas ela definitivamente não ia fazer isso quando ele não estava se sentindo bem.

Ele a encarou por um bom tempo, quase como se estivesse pesando as palavras dela. Finalmente, disse apenas:

— Sim. — E beijou sua testa. — Obrigado.

— Não me agradeça. Esta sou eu oficialmente cuidando de você. Acha que consegue comer alguma coisa?

— Provavelmente — ele respondeu.

Ela beijou sua bochecha, e a barba malfeita fez cócegas em seus lábios.

— Isso é bonitinho — disse ela, passando o dedo pela barba com poucos dias de crescimento.

— Ah, é? — Os lábios dele quase se curvaram num sorriso. — Bom saber.

— Ahã — disse ela, e voltou para os mantimentos. Ela desempacotou tudo em poucos minutos. — O que você quer?

O olhar dele percorreu as opções.

— Sopa e biscoitos seria ótimo. — Ele se aproximou. — Não acredito que você trouxe tudo isso. Ah, M&Ms. — Ele pegou o saco.

Makenna riu.

— Acho bom você esperar pra comer quando não estiver mais doente. Seria uma pena estragar M&Ms sabendo como ficam quando você os vomita.

— Que lindo — disse ele com um sorriso forçado.

— Só estou falando. Okay, vai se sentar, e eu vou preparar tudo — disse ela o enxotando da cozinha. — Ah, espera. Tem outra coisa. — Ela lhe entregou a sacola com o urso dentro.

— O que é isso? — ele perguntou.

— Um presente pra você se sentir melhor — respondeu ela, sem conseguir conter o sorriso. Ele ia achar isso tão bobo. E era mesmo. De um jeito bom.

Caden enfiou a mão na sacola e puxou o bichinho de pelúcia.

— Você comprou um ursinho pra mim — disse ele, seu rosto *finalmente* se abrindo num sorrisinho. Ele passou a mão na cicatriz da lateral da cabeça, algo que ela o viu fazer muitas vezes.

— Todo mundo precisa de um ursinho quando está doente — disse ela. — Isso é, tipo, senso comum. Ele pode te fazer companhia quando eu não estiver aqui. — O que não seria frequente, mas mesmo assim.

Fazendo que sim com a cabeça, Caden lhe lançou o olhar mais suave.

— Obrigado, Ruiva. Eu... eu não sei o que eu faria sem você.

Ela sorriu, tão contente por ter vindo vê-lo. Ele precisava disso. Os dois precisavam.

— Bem, não se preocupe com isso. Porque você nunca vai precisar descobrir.

12

Makenna entrou sozinha no consultório médico na manhã de terça-feira. Depois de ficar muito em dúvida, decidiu que a melhor estratégia era reunir todas as informações que podia antes de contar a Caden que estava grávida. O mais importante é que ela queria saber se o bebê era saudável. Supondo que esse fosse o caso, ela planejava contar a ele hoje à noite depois do trabalho. Contar tudo.

Estava na hora. E ela estava explodindo.

Ela se apresentou na recepção e se sentou. Várias outras pessoas estavam esperando, e duas mulheres estavam obviamente grávidas. A empolgação fez o peito de Makenna estremecer. Essa seria ela daqui a não muitos meses. Um homem sentado ao lado de uma das mulheres sussurrou na orelha dela alguma coisa que a fez rir. Ele colocou a mão em sua barriga enquanto conversavam.

E esse... esse seria Caden. Que não tinha uma família havia muito tempo. Meu Deus, ela esperava que ele ficasse animado por ter uma agora. Mesmo que ficasse assustado — que inferno, ela também estava —, ela esperava que sua empolgação fosse maior. Porque, no fim de tudo, eles teriam um produtinho que era parte dos dois. E isso era incrível para Makenna.

A porta da sala de espera se abriu.

— Makenna James? — chamou uma enfermeira vestindo um uniforme cor-de-rosa.

Ela seguiu a mulher até uma sala de exame, o coração um pouco mais acelerado a cada momento que se passava. Porque ela estava prestes a ver seu bebê pela primeira vez.

Em pouco tempo, ela estava usando uma camisola de papel e sua ginecologista de longa data entrava na sala com uma enfermeira.

— Makenna, é um prazer vê-la de novo — disse a dra. Lyons.

— É um prazer te ver também — disse, sorrindo para a sempre animada mulher.

— Você veio sozinha hoje? — perguntou a médica enquanto lavava as mãos.

Makenna fez que sim com a cabeça.

— Eu queria ter certeza que estava tudo certo com a gravidez antes de contar pro meu namorado.

— Certo — disse a dra. Lyons —, vamos começar, então. — A médica explicou como a ultrassonografia interna funcionava e, em seguida, Makenna estava deitada de costas com as pernas nos suportes, o que sempre parecia muito constrangedor, não importa quantas vezes tivera que fazê-lo na vida.

Mas tudo isso desapareceu quando uma imagem apareceu na tela e uma batida rápida ecoou pela sala.

— Olá, pequeno — disse a médica, tirando algumas medidas no monitor.

Tum-tum tum-tum tum-tum tum-tum tum-tum.

— Isso é o batimento cardíaco? — perguntou Makenna com o som se instalando em seu peito e o apertando.

A dra. Lyons sorriu enquanto fazia alguns ajustes com o bastão de ultrassom.

— Com certeza. Também parece perfeitamente normal.

— É rápido assim mesmo? — O olhar de Makenna grudou na tela onde a médica fez zoom num objeto granulado e em forma de amendoim com minúsculas saliências nas laterais.

Em sua mente, ela ouviu o pai a chamando de amendoim, e agora sabia o motivo.

Aquele era o bebê dela, e ele realmente era um pequeno amendoim. Bem, ele ou ela.

— Com base nas medidas, você está com nove semanas e três dias, e a data estimada de nascimento é sete de julho. Tudo parece estar progredindo normalmente. — A dra. Lyons sorriu. — Então, acho que é seguro compartilhar a notícia.

Makenna não conseguia afastar o olhar da tela. De repente, a situação toda desabou sobre ela, e ela prendeu a respiração quando as lágrimas chegaram a seus olhos.

— Isso é tão incrível. Agora eu queria ter trazido ele.

— Vai ter muito mais coisa para compartilhar com ele, inclusive mais exames — disse a médica enquanto retirava o bastão. A imagem ficou na tela. — E eu vou te liberar com um presente de despedida. — A máquina de imagem fez um *zumbido* e cuspiu uma tira de papel. A dra. Lyons entregou a ela.

Fotos do amendoim deles. Makenna as pressionou no coração.

— Mal posso esperar pra mostrar a ele. Então está tudo bem?

— Ahã. Quero que você tome vitaminas e vamos marcar suas consultas pré-natais. Nos vemos de novo em quatro semanas. — A médica falou sobre algumas coisas permitidas e proibidas na gravidez e lhe deu alguns folhetos informativos para levar para casa. Meu Deus, havia muita coisa para aprender, não é?

Quando terminaram, a médica foi até a porta e se virou com um sorriso.

— Divirta-se contando ao seu namorado hoje à noite. Espero que seja ótimo.

— Obrigada — disse Makenna. A dra. Lyons saiu, e Makenna deslizou para fora da cadeira. Olhando para as fotos, ela se sentia encantada e surpresa e empolgada. — Também espero que seja ótimo.

Conforme Caden subia os cinco lances de escada até o apartamento de Makenna, ele sentia como se tivessem se passado anos desde que estivera ali pela última vez. E certamente sentia ter *envelhecido* desde que estivera ali pela última vez.

Nos últimos dias, estava uma pilha de nervos. Havia anos que seu transtorno do estresse pós-traumático não o atacava assim. Durante a maior parte do fim de semana, ele não dormiu, e, quando dormiu, os pesadelos foram um tormento. Sua mente era como um labirinto cheio de cantos escuros e becos sem saída e sombras iminentes. Ele não tinha apetite, e nas duas vezes que tentou comer, vomitou. Felizmente, na noite de domingo, Makenna foi embora antes de ele vomitar a sopa e os biscoitos que ela levara. Dores assolavam seu corpo como se ele realmente estivesse doente, e ele estava com uma dor de cabeça ininterrupta desde a noite de sexta-feira, o que dificultava pensar.

Tudo isso era o motivo pelo qual ele estava se arrastando ao subir os degraus. Ele havia ficado parado em frente à porta aberta do elevador por um longo momento antes de seu sistema nervoso central ameaçar um bloqueio completo, e ele sabia que simplesmente não ia conseguir entrar naquela pequena caixa. Mesmo que a viagem fosse curta. Suas merdas estavam fora de controle *nesse* nível.

As últimas vinte e quatro horas tinham sido seu primeiro turno de volta ao trabalho, e sair da cama para ir até o posto tinha exigido um esforço hercúleo. Sem falar em enfrentar o turno em si. Parecia que ele estava atravessando o ar cheio de um melaço que deixava seus membros pesados e seus músculos cansados.

Quando chegou ao corredor do quinto andar, Caden só se lembrava de uma vez em que tinha se sentido tão mal.

Foi com dezoito anos. Durante as semanas que antecederam a formatura do ensino médio, quando ele ainda não sabia exatamente o que fazer da vida, mas sabia que não podia continuar vivendo com o pai casca grossa. A incerteza da situação e o fato de seu pai não ter quase nenhuma responsabilidade parental ou interesse por Caden já eram ruins o suficiente. Mas também seria o décimo sexto aniversário de Sean, e essa combinação fez Caden entrar numa espiral descendente que resultou em um diagnóstico de depressão.

E, *porra*, Caden estava sentindo as semelhanças com aquela época mais do que queria admitir.

Parecia uma derrota tão colossal depois de ter ficado no controle por tanto tempo. E agora *tudo* parecia estar desmoronando. Era quase mais do que ele conseguia suportar. E isso o fazia se sentir fraco e inútil. Ele era melhor que isso. Ele *tinha* que ser melhor que isso. Filhodaputa.

Ele inseriu a chave na fechadura do apartamento, ansioso para ver Makenna. Vê-la no domingo à noite tinha ajudado, quando ela foi tão doce a ponto de levar para ele um kit de cuidados. Ela era a luz na escuridão de Caden desde que ficaram presos naquele elevador. Se alguém podia tirar um pouco do peso dos seus ombros, se alguém podia facilitar sua respiração, era ela.

Ao entrar no apartamento, ele foi instantaneamente cercado pelo cheiro encorpado e picante de molho de tomate e, pela primeira vez em dias, sentiu fome de verdade.

— Ruiva? Cheguei — gritou ele.

Makenna saiu correndo do quarto vestindo uma calça jeans, um suéter azul e o sorriso mais lindo.

— Você chegou — disse ela correndo até ele. Ela jogou os braços ao redor do seu pescoço. — Meu Deus, estava morrendo de saudade.

— Eu também — disse ele, aproveitando o calorzinho dela encostado em sua fria rigidez.

Afrouxando o abraço, ela ficou na ponta dos pés e o beijou em um encontro suave de lábios que rapidamente se aprofundou.

— Eu senti muita saudade — sussurrou ela.

Caden conseguiu dar uma risadinha enquanto deslizava a mão para dentro daquele lindo cabelo ruivo.

— Estou vendo.

Makenna recuou e deu um sorriso.

— Está se sentindo melhor?

Ele fez que sim com a cabeça, porque o que mais poderia fazer? E estar com ela realmente o fazia se sentir melhor, então no fundo não era mentira.

— Que cheiro bom é esse?

— Fiz molho de tomate e almôndegas. Eu só preciso cozinhar o macarrão e o jantar vai estar pronto. Está com fome?

— Eu poderia comer — ele respondeu. Ele não tinha vomitado a pequena xícara de sopa cremosa de milho que tinha almoçado no corpo de bombeiros, então tinha esperança de que seu corpo o deixasse comer.

— Bom — disse ela indo para o fogão. Ela acendeu o fogo embaixo de uma grande panela. — Fica à vontade. Tudo vai estar pronto em menos de quinze minutos.

— Tudo bem — disse ele indo para o quarto. Ele tirou o uniforme e vestiu uma calça jeans e uma camiseta, depois se jogou sentado na beira da cama. A exaustão se instalou sobre ele como uma manta de chumbo. Deus, o que havia de errado?

Você sabe o que está errado, Grayson.

É, ele provavelmente sabia. Maldição.

Mas, pelas próximas horas, ele ia deixar tudo isso de lado e simplesmente ficar com Makenna. Se isso fosse possível. Ele se arrastou da cama e voltou para a cozinha para ajudar a preparar o jantar. Em pouco tempo, eles estavam sentados à mesa com enormes porções de espaguete, molho e almôndegas. Pão de alho quente e crocante enchia uma pequena cesta, e Caden se serviu com um grande pedaço.

— Parece delicioso — disse ele.

— Que bom. Pode comer. Tem um monte — disse ela.

Eles caíram de boca e comeram em silêncio por um tempo — o que era incomum para Makenna. Era sempre ela que iniciava a conversa ou a mantinha em andamento. O yin falante para o yang quieto dele.

Olhando para ela, ele perguntou:

— Como foi o seu dia?

— Ah. — Ela levantou o olhar. Deu de ombros levemente e uma risada nervosa. — O de sempre — disse ela acenando com o garfo.

Como era o rei da tensão do nervosismo, ele reconheceu quando viu.

— Está tudo bem?

Ela zombou.

— Está. Claro. — Com o sorriso um pouco forçado demais.

Ele arqueou uma sobrancelha e a prendeu em um olhar fixo.

— Tá bom — disse ela, deixando o garfo de lado. — Tem algumas coisas sobre as quais quero conversar, mas estava tentando esperar até terminarmos de comer.

Caden não gostou de como isso soou. Também deixou o garfo de lado.

— Sobre o que você quer falar?

Ela respirou fundo, como se estivesse se preparando para o que tinha a dizer. Ele ficou com um bolo no estômago.

— Seguinte: eu tenho uma ideia. Estamos praticamente morando juntos pelo menos nos últimos dois meses, certo? — Ele fez que sim com a cabeça, a cautela arranhando sua pele. — E eu fico pensando em por que você está mantendo sua casa, já que está sempre aqui; e eu adoro isso, mas é um desperdício de dinheiro, na verdade. Mas, quando estive na sua casa na outra noite, me ocorreu que, se fôssemos pensar em morar juntos, faria mais sentido mudar para a sua casa, que é maior. E aí eu me livraria deste lugar. — As palavras saíram dela com pressa.

Ele a encarou por um longo instante, seu cérebro se esforçando para acompanhar, para processar.

— Você quer ir morar comigo na casa?

— Bem. — Ela deu de ombros com timidez, revelando o quanto queria isso. — Andei pensando nisso.

Caden engoliu com uma pressão na garganta. Ela queria morar com ele. Permanentemente. Por um instante, parecia que talvez não houvesse ar suficiente, mas ele forçou algumas respirações profundas. A ideia não era nada *de mais*, pois eles praticamente já estavam morando juntos. Certo? Mas isso levava as coisas para outro nível. E tirava sua capacidade de se abrigar em um espaço próprio caso desmoronasse, como ele fez no fim de semana. Quando se deu conta disso, a tensão aumentou em seus ombros.

— Faz sentido, acho — ele conseguiu dizer. — Vamos pensar no assunto e decidir o que é melhor.

Ela torceu os lábios.

— Tá — disse ela. — Não parece fazer muito sentido manter um lugar menor quando você tem uma casa tão boa perto do seu trabalho.

Ele apoiou os cotovelos na mesa e entrelaçou as mãos. E tentou ignorar o poço de ansiedade que ameaçava transbordar dentro dele.

— Embora seja mais longe do seu.

— É verdade, mas não me importo — disse ela com as mãos inquietas sobre a mesa.

— Bem, como eu disse, vamos pensar. Sua casa é muito mais aconchegante que a minha.

Ela sorriu e gesticulou uma mão.

— Isso é só porque você não decorou muito. Mas, depois de levar alguns dos meus móveis e talvez pintar e pendurar alguns quadros, sua casa também pode ficar aconchegante. Sua casa é excelente, Caden.

A tensão parou no centro do peito dele. Por que ela estava forçando isso agora? E por que isso o fazia sentir como se as paredes estivessem se fechando sobre ele?

— Está bem — ele disse, pegando o prato e se levantando da mesa. — O jantar estava ótimo, por sinal. Obrigado. — Ele foi para a cozinha em busca de espaço para não surtar, pois seu estresse na verdade não tinha nada a ver com ela ou com a ideia dela. Ele simplesmente não estava nada bem para pensar em permanência, o que o fazia se sentir um babaca.

Ela o seguiu.

— Argh, estou fazendo tudo errado.

— Fazendo o quê? — indagou ele, aquela pedra ficando um pouco maior em suas entranhas.

Makenna diminuiu a distância entre os dois e apoiou as mãos no peito dele, com seus olhos azul-bebê olhando para ele com muito carinho. Por um instante, ela pareceu se esforçar para encontrar palavras, depois disse:

— Meu Deus, estou sendo uma idiota com a língua amarrada, agora.

— O que você tem a dizer, simplesmente diga — comentou ele com o medo gelando sua coluna. O nervosismo incomum dela aumentava a ansiedade dentro dele e apertava o nó em seu peito, deixando sua respiração superficial.

— Certo. Lá vai. Caden, eu... eu te amo. Eu te amo tanto que quase não consigo me lembrar da minha vida antes de você. Eu te amo tanto, que não consigo imaginar minha vida sem você. Estou morrendo de vontade de falar isso há muito tempo, mas sei que não estamos juntos há tanto tempo. Mas, pra mim, o número de semanas que te conheço é totalmente irrelevante em comparação à forma como meu coração se apegou a você — disse ela com a voz urgente e muito sincera. — Eu te amo. E eu estou *apaixonada* por você. Era isso o que eu realmente queria dizer.

Ele ouviu as palavras como se estivessem atravessando um longo túnel. Elas chegaram até ele devagar e desconexas, como se seu cérebro tivesse que traduzi-las de outro idioma para um que ele pudesse entender, para um em que ele pudesse confiar.

Makenna o amava.

Makenna havia dito as palavras. Palavras que suas ações estavam demonstrando havia semanas. Inferno, talvez mais.

Os portões que seguravam a escuridão em sua psique foram muito detonados nos últimos dias, e ouvir a declaração dela destruiu o que restava deles. Todos os seus medos, todas as suas dúvidas, todas as suas inseguranças se precipitaram até ele estar se afogando, sufocando, afundando rapidamente.

Aparentemente, sua reação não fazia sentido, porque ela lhe dera o que ele queria: seu amor, seu comprometimento. Mas conseguir o que ele queria era o que o deixava com tanto medo.

Porque, no fundo, ele era o garoto de quatorze anos que acreditava que deveria ter morrido para que o irmão de doze anos — o melhor amigo que ele já teve — pudesse viver. Ele era uma criança com a culpa de sobrevivente que queria desesperadamente que o pai o aceitasse em vez de *escolher* abandoná-lo. Era um homem que tinha aprendido que a vida não dá o que você quer ou, se dá, pega tudo de volta.

O passado. Ansiedade. Medos fodidos. Ele sabia, mas não conseguia lutar contra isso. Seu coração não estava inteiro. Seus pés não estavam firmes. Seu cérebro não estava funcionando.

Ele não estava funcionando. E, nesse estado, não confiava em si mesmo para amá-la.

Ele segurou as mãos dela e as afastou do seu peito.

— Makenna, eu... — Mas nenhuma outra palavra saiu, porque era como se seu cérebro tivesse congelado. Ele sabia o que sentia, mas não sabia o que dizer. Como colocar em palavras, ou até mesmo se deveria. Ele estava paralisado, porra.

— Você não precisa retribuir — disse ela, com um pouco de tristeza e talvez até um pouco de decepção em seus olhos. — Só pra você saber, eu não disse isso esperando que você retribuísse.

Quer dizer que ela esperava que ele a decepcionasse. E era isso que ele estava fazendo. Como se ele precisasse de mais provas de que ela merecia coisa melhor.

Ele buscou fôlego, todo o estresse da semana passada desabando sobre ele como uma tonelada de tijolos. Ou talvez como um castelo de cartas, porque, neste momento, Caden se sentia um idiota de merda por ter acreditado que seria capaz de ser um casal quando a metade dele estava tão danificada.

— Makenna, é só que, isso é tudo... — Balançando a cabeça, ele deu um passo para trás, para longe do alcance dela. De repente, a pele dele estava sensível demais para permitir seu toque. Que inferno, as roupas em suas costas pareciam ásperas demais, pesadas demais, restritas demais. — É muita coisa. É muito rápido — disse ele, sem sequer ter certeza das palavras que saíam da sua boca.

Um olhar de dor passou pelo lindo rosto dela e, apesar de ela tentar esconder, tentar conter, ele sabia o que tinha visto.

— Não precisa significar nada...

— Precisa, sim — cuspiu ele, odiando que seu descontrole emocional estava fazendo Makenna diminuir seus sentimentos. Para tentar fazê-lo se sentir melhor. — Significa absolutamente tudo. — Ele agarrou o próprio peito, a falta de oxigênio provocando uma queimadura no centro. Sua cabeça latejou com um pessimismo punitivo.

— Caden...

— Desculpa — disse ele, se encolhendo ao tentar respirar fundo. — Eu não posso... eu tenho que... ir. Só preciso de espaço. Okay? Um tempo? — Seu instinto de lutar ou fugir estava chegando. Com força. — Eu... só preciso de um pouco de espaço. Desculpa.

Aí, ele estava do lado de fora com seu mundo implodindo ao seu redor. Porque ele provavelmente tinha acabado de destruir a melhor coisa que já teve na vida. Mas talvez fosse assim que tinha que ser, já que, de todo jeito, ele claramente não conseguia lidar com isso.

E Makenna merecia alguém que conseguisse.

13

Makenna olhou para a porta do apartamento, o som que produziu ao se fechar ainda ecoando alto ao seu redor. O que diabos tinha acabado de acontecer?

Ela abraçou a barriga e só então percebeu que não chegou a contar a Caden sobre o bebê. E, Jesus, como ela ia fazer isso agora? Se apenas ouvir que ela o amava o fez ter um completo ataque de pânico. Nunca, em todo o tempo em que o conhecia, ela tinha visto seu rosto ficar tão pálido e distante e simplesmente... vazio daquele jeito. Parecia que ela estava olhando para um projeto do homem que conhecia.

Como ele era muito marcado pelo abandono, ela sempre teve medo de que ouvi-la dizer que o amava poderia desencadear sua ansiedade. Mas nunca pensou que seria tão ruim.

Instintivamente, ela foi até a porta e a abriu, mas não tinha ninguém no corredor. Ela se apoiou no batente e encarou o vazio.

Todo impulso dentro dela lhe dizia para correr atrás dele. Mas ele tinha pedido tempo e espaço. Será que isso poderia piorar as coisas? Afastá-lo? Valia o risco?

O fato era que Makenna sabia muito bem como Caden reagia, entendia como sua ansiedade e transtorno do estresse pós-

-traumático funcionavam — o que não significava que ela soubesse sempre como lidar com isso, e ela certamente não tinha a fantasia de que poderia corrigir algo, mas entendia as lutas dele. Que inferno, a necessidade de ele se distrair da claustrofobia e da ansiedade era o que os levara a se conhecerem, pra começar.

E ela não o amava *apesar* de todos os seus problemas, ela o amava *por causa* deles. Ou, melhor, porque faziam parte de quem ele era. E ela amava quem ele era. Com todas as forças dela.

O que significava que ela provavelmente deveria dar a ele o espaço de que precisava. Mesmo que isso deixasse seu coração uma bagunça, doendo e ferido.

Ela voltou para a cozinha e deixou a porta se fechar.

Largando a cabeça nas mãos, Makenna lutou contra as lágrimas. Ela havia conduzido essa conversa de maneira totalmente errada. Na mesa, ficou nervosa com as coisas importantes que tinha para dizer a ele, por isso cometeu o erro de iniciar a conversa sobre morar juntos. O que sem dúvida deve ter parecido para Caden que tinha surgido do nada. E aí ela acrescentou seus sentimentos.

— Tudo bem, não entre em pânico — disse ela para si mesma. Suas palavras soaram alto no espaço silencioso. — Ele vai ficar bem. Nós vamos ficar bem. — Ela só precisava continuar dizendo isso a si mesma pelo tempo que ele precisasse.

Desesperada para se manter ocupada, ela mecanicamente colocou o molho e as almôndegas em tigelas para o almoço e para congelar, depois mergulhou na lavagem da louça.

Quando terminou, cedeu ao anseio dentro de si e mandou apenas uma mensagem de texto para Caden:

Use o tempo e o espaço que precisar. Estarei aqui não importa quanto tempo demore. Bj

Ela apertou *Enviar* e foi para a cama, na esperança de que ele se sentisse melhor de manhã.

Mas a manhã não trouxe nenhuma palavra de Caden. Nem a tarde, nem a noite seguinte. Nem qualquer dia daquela semana. Na noite de sexta-feira, Makenna estava destruída com preocupação e mágoa. Não queria ir para casa e encarar o apartamento vazio. Estava preocupada por ele estar tão mal e estava preocupada consigo mesma por ele poder estar tão mal, que nunca mais voltaria para ela.

E não sabia o que fazer.

Assim, voltou ao seu condomínio para pegar o carro. Não sabia muito bem aonde estava indo ou o que estava pensando. Ou talvez estivesse apenas se enganando. Porque, vinte e cinco minutos depois, ela estava dirigindo pela rua de Caden e passando pelo pequeno beco sem saída. Ela desacelerou o suficiente para ver que a casa dele estava escura e o jipe não estava estacionado na vaga de sempre. Então, ela dirigiu até o Posto Sete do Corpo de Bombeiros, a poucos quarteirões de distância.

O jipe dele também não estava lá.

Com o carro andando devagar pelo meio-fio do outro lado da rua, Makenna encarou o prédio, com um brilho dourado escapando de algumas janelas para a rua.

Parte dela ficou muito tentada a entrar e ver se algum dos caras sabia onde ela poderia encontrá-lo. Ou pelo menos como ele estava. Ele ao menos estava indo trabalhar? Mas outra parte dela achou que ir ao trabalho de Caden para perguntar por ele era ultrapassar uma linha. Certamente uma linha que violava seu pedido de espaço e, possivelmente, uma linha que poderia ter impacto sobre seu sustento.

Ela não poderia fazer isso... mas talvez pudesse ligar para um dos caras que ela conhecia um pouco melhor. Isaac Barrett! Ele tinha ido à casa dela uma noite para jantar com Caden e alguns dos outros caras, muitas vezes fazia questão de falar com ela quando ela ia aos jogos de softball do posto no início do outono, e tinha lhe dado um grande abraço quando ela levou biscoitos e brownies para o corpo de bombeiros. Ela não diria que eles eram próximos, mas talvez próximos o suficiente para ela fazer algumas perguntas que parecessem casuais.

Por sorte, ela tinha o número do celular dele porque ele havia confirmado sua presença no jantar. Ela o encontrou em seus contatos e pressionou a tecla de telefonar.

Depois de dois toques:

— Alô? Bear falando.

— Bear, é Makenna James, a... — Por um minuto, ela tropeçou em como se identificar por causa do que estava acontecendo entre eles. — hum, namorada de Caden.

— Makenna dos brownies maravilhosos — disse ele. — A que devo essa honra?

— Ei, me desculpa incomodar, mas eu estava pensando se você por acaso sabe onde o Caden está. — Pronto. Isso pareceu casual. Certo?

— Me dá um segundo — disse ele. Palavras abafadas que ela não conseguiu entender soaram em segundo plano, e depois uma porta se fechou. —Voltei. Então, Caden pediu uma licença. Você não sabia?

Uma licença? A barriga de Makenna afundou lentamente enquanto uma sensação de medo se espalhou por ela. Caden era tão dedicado ao trabalho, tanto que parecia uma vocação para ele. Ela não conseguia imaginá-lo se afastando. A menos que ele precisasse muito.

— Infelizmente, não.

— Ele está bem, Makenna? — perguntou Bear. — Nos últimos turnos, ele estava meio perturbado.

— Ele estava doente — disse ela. — Mas, não sei, talvez tenha outra coisa.

— É — disse Bear numa voz compreensiva. — Espero que tudo esteja bem.

— Eu também — disse ela com a garganta de repente apertada pelas lágrimas. — Se tiver notícias dele, você poderia me informar? Estou... bem, estou preocupada.

— Pode contar com isso — disse Bear. Eles desligaram.

Sentada no carro na escuridão, Makenna finalmente cedeu às lágrimas que vinha segurando a semana toda.

Com o jipe estacionado numa vaga atrás do prédio de Makenna, Caden não sabia o que estava fazendo ali. A cabeça e o coração ainda destruídos, e ele não tinha ideia do que diria se a visse. Ele não tinha mais clareza, mais certeza, nem fé em si mesmo do que quando foi embora na terça à noite. E a última coisa que ele queria era magoá-la mais do que sem dúvida já havia feito.

Tudo o que ele sabia era que estava levando a vida havia dias — mais fantasma que humano — até finalmente ir gravitar ali.

Como se ela fosse o sol em seu planeta escuro.

Sem ter certeza de que estava fazendo o certo — por ela — tirou a bunda do jipe e seguiu até a casa dela. Pela escada de novo, *claroporra*.

Sua cabeça tinha ficado tão ruim que ele não só admitiu o quanto estava ruim para o capitão, como também pediu uma licença. Pela primeira vez em nove anos nesse emprego, ele não se sentia totalmente competente, e a última coisa que queria era cometer um erro que custaria tudo para alguém. Ele não conseguiria viver com isso.

E estava por um fio.

Ele também cedeu e foi ao médico para ser medicado, e até voltou a ver seu antigo terapeuta. O dr. Ward estava agora com uns quarenta e tantos anos, e o cabelo estava um pouco mais grisalho e a cintura um pouco mais larga, mas, de resto, parecia muito com o que Caden se lembrava.

Até agora, Caden só tivera uma sessão com o cara, e isso piorou seus pesadelos. Falar sempre foi assim para ele — mexer nas merdas para elas piorarem antes de melhorarem. Mas ele tinha que tentar alguma coisa. Porque se sentir assim não era aceitável.

Quando Caden chegou ao apartamento, ele bateu na porta. Esperou. Bateu de novo. Ele tinha a chave, claro, mas, do jeito que deixara as coisas na noite de terça-feira, achou que devia a ela o respeito de bater. Quando ela não respondeu depois de bater pela terceira vez, ele entrou com a própria chave.

Tudo estava silencioso e escuro — só a lâmpada sob o armário da cozinha lançava alguma luz.

Caden respirou fundo. Uma dor cresceu em seu peito. Uma dor por Makenna. Ele sentia muita saudade dela. Parecia que uma parte dele havia sido arrancada, as bordas ainda irregulares e brutas. Mas era isso que ele era — cheio de feridas irregulares, brutas e purulentas por uma perda após a outra.

E parecia que nenhuma delas tinha se curado.

Ele percorreu a escuridão e entrou no quarto dela. Sentou-se na cama. O cheiro de Makenna era mais forte aqui. Seu hidratante de baunilha. Seu xampu de morango. O creme para as mãos de coco que ela usava toda noite antes de dormir. Ele inspirou essas alusões a ela, precisava levar uma pequena parte dela com ele.

Toc, toc, toc.

Franzindo a testa, Caden se forçou a se levantar e ir até a porta da frente. Uma espiada rápida através do olho-mágico revelou um entregador. Caden abriu a porta.

— Makenna James? — perguntou o entregador. A seus pés, um enorme vaso de rosas vermelhas.

— Ela não está em casa — disse Caden, encarando as flores.

— Pode assinar pra mim, senhor? — Ele empurrou uma prancheta para Caden, que rabiscou uma linha ininteligível no X. O cara recuou pelo corredor.

Caden se abaixou e pegou o vaso de cristal. Ele o levou até a bancada da cozinha, a porta batendo atrás de si. Então o colocou ali. E olhou um pouco mais — para o pequeno envelope pousado entre flores cheias vermelhas.

Com uma sensação de afundamento no estômago, ele puxou o envelope e o abriu. O cartão dizia:

Leve o tempo que precisar. Estarei aqui. E eu te amo. -CH

CH. Cameron Hollander. Filhodaputadocaralho.

Sem devolver o cartão para o envelope, Caden os deslizou de volta para o suporte de plástico com o olhar colado nas palavras do outro homem.

Caden não tinha conseguido lidar com Makenna dizendo que o amava e não tinha conseguido retribuir suas palavras, mas aqui estava Cameron dizendo-as diversas vezes. E era exatamente isso que Makenna merecia.

Jesus Cristo. Com as mãos apoiadas na bancada, Caden se encontrou tendo que respirar através do repentino aperto no peito.

Makenna merecia... alguém como Cameron. Alguém inteiro, alguém que não fosse destruído, alguém com as merdas sob controle. Caden não era esse homem. Que inferno, neste momento, Caden não era sequer o homem que Makenna conhecera naquele maldito elevador. Na melhor das hipóteses, era um fantasma de seu antigo eu, e nem mesmo aquele cara sequer era totalmente centrado.

Talvez Makenna não quisesse Cameron como antes, mas ela merecia alguém que pudesse fazer o que Cameron podia — e Caden não podia.

E isso era tudo o que Caden precisava saber.

Decepção e frustração e tristeza e raiva giravam dentro dele. Ele se obrigou a se afastar das malditas flores antes de jogá-las na parede só pela satisfação de vê-las estilhaçadas e quebradas — um espelho de como ele se sentia por dentro.

Sem ter certeza do que estava fazendo, ele voltou para o quarto. Acendeu a luz. Ficou parado ali. Na mesa de cabeceira no seu lado da cama havia um suspense militar que ele estava lendo aos poucos antes de dormir.

Ele o pegou.

De repente, estava pegando tudo dele que estava lá. Uniformes. Roupas. Sapatos. Artigos de higiene pessoal. Ele não merecia estar na vida de Makenna, não quando não podia dar o que ela precisava, o que ela queria e o que merecia. Ele tinha que fazer o que era certo. Por ela.

Com o peito esmagado, enfiou todos os seus pertences num saco de lixo preto.

Em pé no meio da cozinha, encarou as malditas flores pela última vez. E deixou um bilhete — e a chave do apartamento — ao lado delas na bancada.

14

Pouco depois das dez horas, Makenna finalmente foi para casa. Depois que saiu do corpo de bombeiros, ela dirigiu até seu restaurante mexicano preferido e jantou sentada no bar — uma mesa para uma pessoa seria mais deprimente do que ela poderia suportar naquele momento. Em seguida, foi à livraria por um tempo, mas acabou indo embora quando percebeu que estava procurando ofertas de livros de suspense que Caden poderia gostar.

Abrindo a porta do apartamento, a primeira coisa que notou foi que a luz da cozinha estava acesa. A do quarto também.

— Caden? — Seu coração inchou dentro do peito enquanto um oceano de puro alívio a atravessou. — Caden? — chamou de novo enquanto corria até o quarto.

Mas o lugar estava vazio.

Ela voltou para a cozinha. Porque a segunda coisa que notou foi um enorme vaso de rosas sobre a bancada. Entre as flores, só conseguiu ver as palavras: *Eu te amo. -C*

— Ai, meu Deus — disse ela, a garganta ficando apertada. Caden tinha estado ali. Veio dizer que a amava. E esse tempo todo ela estava evitando voltar para casa.

Ela tirou o cartão do suporte de plástico. E seu estômago desabou.

Leve o tempo que precisar. Estarei aqui. E eu te amo. -CH

CH. Maldito Cameron. Droga.

Os ombros de Makenna afundaram. Não era Caden. Não era Caden, no fim das contas.

E aí ela notou outra coisa.

Um bilhete ao lado do vaso. O medo agitou sua pele quando ela o levantou e leu.

Você pode até não querer o cara, mas merece mais do que eu.

Não estava assinado, mas não precisava. Makenna reconheceu a caligrafia de Caden. E, embaixo do bilhete, a chave do apartamento.

Por um instante, seu cérebro não conseguiu processar o que estava vendo, não conseguiu entender o que tudo aquilo significava.

Caden *tinha* estado lá.

Ela franziu a testa, seus pensamentos em disparada. *Você merece mais que eu?* O que isso significava? E por que ele relacionou isso a Cameron, cujo cartão ele obviamente abriu e leu? E por que deixou a chave?

O medo a envolveu como uma segunda pele. Com o bilhete e a chave de Caden apertados com força na mão, ela voltou para o quarto. Devagar, hesitante, como se algo pudesse pular em cima dela. Não tinha certeza do que estava procurando quando entrou ali. Tudo parecia como antes.

E então ela entrou no banheiro. Só demorou uma fração de segundo para perceber o que estava diferente. Seus artigos de higiene pessoal eram os únicos na bancada. A escova de dentes, a pasta de dente e a lâmina de barbear dele tinham desaparecido. Ela abriu o armário de remédios. O fio dental, o enxaguante bucal e o creme de barbear dele tinham desaparecido. Puxar a cortina do chuveiro revelou que o sabonete líquido dele não estava mais lá.

Uma dor brutal se instalou em seu peito.

— Não — disse ela, correndo de novo para o quarto. — Não, não, não. — Ela abriu a porta do guarda-roupa. Caden era um cara muito básico quando se tratava de roupas. Algumas calças jeans, algumas camisas, os uniformes. Assim, ele nunca ocupou muito espaço no guarda-roupa dela. Mas o espaço que suas coisas haviam ocupado agora estava vazio. Suas roupas e seus sapatos haviam desaparecido.

— Não, Caden, não — disse ela, as lágrimas tensionando sua voz. — Droga.

Makenna correu de volta para a cozinha e tirou o celular da bolsa. Ligou para Caden. A ligação caiu várias vezes na secretária eletrônica, até que ela finalmente cedeu e deixou uma mensagem.

— Caden, por favor, fala comigo. O que está acontecendo? Eu não entendo. Estou com você. Por favor, me deixa entrar. Seja lá o que for, podemos consertar. — Ela debateu por um bom tempo, depois acrescentou: — Eu te amo.

Apertou a tecla de desligar e abraçou o telefone no peito.

Um torpor se instalou sobre ela. Torpor e negação.

Sem trocar de roupa, ela se deitou na cama, o telefone na mão. *Me liga. Me liga. Me liga.*

Na próxima vez em que abriu os olhos, a primeira luz cinza do dia atravessava as janelas. Olhou o telefone e viu que não tinha perdido nenhuma ligação nem mensagem de texto.

Ele havia feito as malas e saído da sua vida, e não estava retornando as mensagens.

Enquanto Makenna estava deitada na escuridão, não podia deixar de encarar o que estava acontecendo. O que *tinha* acontecido. Caden a deixara porque achava que ela merecia mais que ele. Caden a deixara porque não achava que era suficiente para ela. Quantas vezes ele havia dito alguma coisa sobre isso? E ele ainda falava isso, apesar de ela ter dito que o amava, que estava *apaixonada* por ele e que não podia imaginar sua vida sem ele.

Se esses sentimentos não eram suficientes para fazê-lo acreditar que ela o queria — *os* queria—, ela não sabia o que mais poderia dizer ou fazer para convencê-lo.

O torpor de Makenna se dissipou com frieza.

A dor percorreu seu sangue até Makenna ser consumida por ela. Seu coração. Sua cabeça. Sua alma. Ela se encolheu numa bola e soluçou no travesseiro. Chorou por si mesma. Chorou por

Caden. Chorou pelo que tinham sido — e tudo que ainda poderiam ser.

E aí pensou no bebê — e no fato de que Caden nem sabia que ele existia — e chorou pela pequena vida que eles tinham feito também.

O que ela ia fazer?

O que *eles* iam fazer? Ela e o bebê.

Ela não sabia. Ainda. Mas teria que descobrir. Teria que ser forte pelo seu filho ou filha. E por si mesma.

E seria. Mas hoje ela ia se permitir sofrer. Porque não era todo dia que ela perdia o amor da sua vida.

15

Durante todo o fim de semana, toda vez que Caden acordava, ele ouvia a mensagem de Makenna na secretária eletrônica.

Caden, por favor, fala comigo. O que está acontecendo? Eu não entendo. Estou com você. Por favor, me deixa entrar. Seja lá o que for, podemos consertar. Pausa. *Eu te amo.*

Ele arrastava o pequeno botão para trás com o polegar. *Eu te amo.*

E de novo. *Eu te amo.*

E de novo. *Eu te amo.*

16

Caden não conseguia fazer nada além de dormir. Apesar de os pesadelos o atormentarem. Apesar de seus músculos doerem pela falta de uso. Apesar de a vida passar por ele.

Mas isso praticamente não importava. Fantasmas não eram seres vivos, mesmo.

De vez em quando, ele se levantava por tempo suficiente para fazer xixi, engolir seus remédios e olhar à toa dentro da geladeira. Às vezes ele comia. Às vezes via televisão.

Mas então seus pensamentos e seus medos e suas falhas se tornavam dolorosos demais para suportar.

E ele voltava para a cama.

17

A batida não parava, porra.

No início, Caden pensou que era a cabeça dele, o que estaria de acordo com sua maldição, mas depois ouviu alguém gritando seu nome. De novo e de novo e de novo, porra.

Arrastar-se da cama era um esforço que ele mal tinha energia para fazer. Ele se arrastou do quarto e desceu os degraus, as pernas parecendo fracas, os músculos doloridos pelo desuso.

Ele olhou pelo olho-mágico.

— Merda — soltou.

— Não vou embora até você abrir esta porta — gritou o capitão. — Vou derrubá-la, se for necessário.

Pancada, pancada, pancada.

Caden conhecia Joe Flaherty o suficiente para saber que ele cumpria o que dizia.

Chutando para o lado a grande pilha de correspondência que tinha se acumulado no chão sob a abertura da caixa de correio, Caden destrancou e abriu a porta, mas só um pouco.

— Capitão. O que posso fazer por você?

— Deixa eu entrar, inferno — disse Joe, empurrando a porta e entrando na sala de estar de Caden. — Cacete, Grayson. — O homem mais velho o encarou com a expressão chocada.

Caden olhou para si mesmo, para o peito e a barriga à mostra, e para a calça de moletom cinza-escuro pendurada nos quadris.

— Que foi?

Os olhos de Joe se arregalaram.

— *Que foi? Que foi?* Você está me dizendo que não sabe que virou um maldito esqueleto? — Ele passou a mão nos cabelos grisalhos. — Eu liguei. Muitas e muitas vezes. Mas sabia que deveria ter vindo aqui.

Confuso, Caden balançou a cabeça.

— Eu não... desculpe... o que...

— Você tem alguma ideia de que dia é hoje? — perguntou Joe, as mãos plantadas nos quadris.

Caden pensou. E pensou um pouco mais. Tentou se lembrar da última vez que soube que dia era. Tinha deixado Makenna numa sexta-feira. E depois dormiu durante dias. Tentou se levantar para uma consulta com o terapeuta, mas não estava a fim. Isso foi numa... quinta? E tinha se levantado algumas outras vezes para comer alguma coisa ou encarar a televisão sem prestar atenção. Mas... hum, não. Ele não fazia ideia. Esfregando a mão sobre a cicatriz, ele deu de ombros.

Joe acendeu a lâmpada ao lado do sofá e se sentou pesadamente.

— Senta, Caden.

Franzindo a testa, Caden se arrastou até o sofá. Sentou-se. Apoiou os cotovelos nos joelhos. Meu Deus, sua cabeça estava pesada.

— O que está acontecendo? — perguntou Joe, seu rosto uma máscara de preocupação.

Caden balançou a cabeça.

— Nada.

A expressão do outro homem virou uma careta.

— Preciso te levar pra emergência? Porque eu vou arrastar seu traseiro pra fora daqui num piscar de olhos...

— O quê? Não. — Caden esfregou as mãos no rosto. — Sei que estou fora de órbita agora, mas eu estou... eu vou... — Ele deu de ombros outra vez, sem saber o que dizer. Ele tinha se afastado de Makenna no meio de uma espiral e não tinha conseguido fazer nada além de se segurar até bater no fundo do poço. Será que ele já estava lá? Até parece que ele sabia. Embora mal conseguisse imaginar se sentir muito pior do que estava naquele momento. Física, emocional e mentalmente.

Tudo *doía*, porra, como se ele fosse a personificação da agonia.

— Você está fora de órbita? Você não está fora de órbita, Caden. Você está clinicamente deprimido, se eu tivesse que adivinhar. E, olhando pra você, eu realmente não preciso fazer isso. Quanto você perdeu? Dez quilos? Quinze? Jesus. Quando foi a última vez que você comeu?

— Eu... eu não... não consigo manter nada no estômago. — Caden baixou o olhar para o chão. — Mas não estou com fome, mesmo.

— Claro que não está. É a depressão. Merda, eu deveria ter vindo antes. Eu devia saber... — Joe respirou fundo. — Está tão ruim?

Caden olhou para o chão. Muito ruim. Muito pior do que quando ele tinha dezoito anos. Ou talvez ele não se lembrasse direito do quanto a depressão o fizera se sentir vazio e dolorido e isolado e inútil e sem valor.

— Ruim — disse ele, a voz um pouco mais que um sussurro.

— Tem pensado em se machucar gravemente? — perguntou Joe.

Com a humilhação se agitando em suas entranhas, Caden não conseguia olhar Joe nos olhos. Sim, ele tinha esses pensamentos. Aqueles que às vezes o provocavam com a promessa de se libertar de toda essa maldita desgraça. Ele não os considerava seriamente, mas não podia negar que os tinha.

— Merda. Certo. O que nós vamos fazer sobre isso?

— Nós? — O olhar de Caden disparou até o capitão.

— É, *nós*. Você acha que eu vou te deixar sozinho assim? Você vai pra minha casa hoje, e amanhã vai no seu médico ou pro hospital. E eu que vou te levar. E vou continuar te levando até você conseguir controlar isso. Na verdade, vou te ajudar a arrumar uma mala. Você vai ficar comigo até conseguirmos reverter este quadro.

— Capi...

— Nada disso está aberto à discussão, Grayson. Caso não esteja claro. — Joe olhou fixamente para ele, mas era um olhar que Caden já tinha visto muitas vezes, quando alguma coisa não dava certo num chamado; um olhar de preocupação, e talvez até de um pouco de medo.

— Tudo bem — disse Caden, cansado demais para discordar do homem. — Fui medicado, mas deixei de tomar alguns.

— Você tomou algum remédio hoje? — perguntou Joe. Caden balançou a cabeça. — Então toma. Há quanto tempo você está tomando?

Ele tinha voltado para o terapeuta no dia anterior ao dia em que saiu da vida de Makenna.

— Desde o dia dez, acho.

Joe acenou com a cabeça.

— Que bom. Isso é bom. Mesmo que você tenha perdido alguns, são duas semanas de remédios. É uma pena os antidepressivos demorarem tanto para se acumular no seu sistema. Mas pelo menos você já começou.

— Espera — disse Caden, franzindo a testa. — Duas semanas? — Seus olhos se arregalaram. — Merda. Que dia é hoje? — Sua licença terminava no dia 23 para que assumisse os turnos e os caras que tinham família não precisassem trabalhar no Natal.

O capitão apertou sua nuca e lhe deu um olhar repleto de tanta compaixão, que Caden realmente ficou um pouco sufocado.

— É Natal, Caden.

Natal? *Natal?*

— Merda — disse ele, se levantando de repente. A adrenalina atravessou seu sistema, deixando-o ligado e trêmulo. — Eu... me desculpa... *porra*... não acredito... eu perdi... tudo.

— Não pensa nisso. Foi assim que eu soube que alguma coisa estava errada — disse Joe levantando-se ao lado dele. — Você nunca perdeu um dia de trabalho em quase dez anos até isso tudo acontecer. E aí Bear me contou que Makenna tinha ligado há umas duas semanas porque não sabia onde você estava. Ao saber que você tinha fugido do trabalho *e* dela, eu percebi que alguma coisa estava errada.

Makenna.

Ouvir seu nome em voz alta era como um soco no estômago. Caden pressionou o punho contra a palpitação irregular no peito.

Makenna.

O soluço veio do nada.

Caden levou a mão com força até a boca, horrorizado por desabar diante de Joe, por lhe mostrar o quanto estava realmente fraco.

Mas era como se o nome dela tivesse desbloqueado alguma coisa dentro dele, e parecia que, o que quer que fosse, era a última coisa que o mantinha firme.

— Merda — engasgou Caden, caindo pesado no sofá. Ele deixou o rosto cair nas mãos, num vago esforço para esconder o que não podia ser escondido. Suas lágrimas. Seus soluços. Seu sofrimento.

Seu fracasso.

Joe estava bem ali com ele. Com a mão no seu ombro, o homem estava sentado ao lado dele.

— Vai melhorar. Fica firme. Vamos fazer você superar isso.

Quando Caden conseguiu falar outra vez, balançou a cabeça.

— Ela se foi — disse com a voz rouca, deslizando as mãos molhadas até envolver a testa latejante. — Eu... fodi com tudo.

— Não se preocupe com isso. Se preocupe com você. Conserte você. Depois você pode resolver o que quiser. Mas comece com você. — Joe apertou seu ombro. — E eu vou estar aqui pra te ajudar.

Caden inclinou a cabeça para o lado apenas o suficiente para ver o rosto de Joe.

— Por quê?

Seu capitão o encarou.

— Você precisa mesmo perguntar?

— Sim — ele respondeu com a voz rouca.

— Porque você é uma parte importante da minha equipe, Caden. Excelente no que faz. Mais que isso, depois de todos esses anos, eu te considero um amigo. E, se tudo isso não bastasse, você é um ser humano bom, porra, e eu não vou te perder pra nenhuma bobagem que a sua cabeça está te dizendo. Eu sei que você não tem família, então estou oficialmente assumindo a responsabilidade. Vou lutar por você até que você possa lutar por si mesmo. Está me ouvindo?

As palavras entraram no peito de Caden... e o acalmaram. Não muito. Não permanentemente. Mas o suficiente para ele respirar fundo. O suficiente para fazer seus ombros relaxarem. O suficiente para ele começar a pensar além dos próximos cinco minutos.

Caden respeitava demais Joe Flaherty. Tinha o respeitado por toda a sua vida adulta. E se Joe acreditava nisso tudo em relação a Caden, talvez houvesse verdade no que ele dizia. E se Joe estava disposto a lutar por Caden, talvez Caden também pudesse descobrir como lutar por si mesmo.

Começa com você.

Essa ideia se conectou com alguma coisa bem no fundo de Caden. Ele não sabia o que era. Não sabia o que significava. Mas se agarrou a ela e se agarrou ao apoio de Joe. Porque ele tinha que se agarrar a alguma coisa.

Antes que se perdesse para sempre.

18

Makenna parou o carro na entrada da garagem da casa do pai, seu estômago um desastre de nervoso e enjoo. Dessa vez, não era o enjoo matinal. Era a conversa iminente que precisava ter com o pai e os irmãos. Aquela em que contaria a eles que estava grávida e de quase doze semanas. E que o pai da criança tinha saído do cenário.

Duas semanas tinham se passado desde que Caden deixara sua chave. Duas semanas desde que ela deixara aquela mensagem de voz. Duas semanas de silêncio, embora ela tivesse mandado um cartão de Natal para ele. Uma última tentativa de contato.

Não. Não pense em Caden.

Respirando fundo, ela fez um aceno com a cabeça para si mesma. Não conseguia pensar nele sem ficar angustiada. E com raiva. E confusa. E preocupada. Mas nada disso a fazia amá-lo menos, e isso simplesmente a deixava muito, muito triste.

Chega. É Natal.

Certo. Teria sido o primeiro deles.

O pensamento fez seus olhos arderem.

Ela voltou o olhar para o teto do carro, afugentando as lágrimas que ameaçavam brotar.

Quando se controlou, pegou no banco de trás as sacolas de presentes que tinha trazido e entrou na casa.

— Aí está meu amendoim — disse o pai quando ela entrou na cozinha, o apelido deixando a garganta dela apertada. O cheiro de panquecas e bacon a rodeou: seu pai fazia a mesma coisa para o café da manhã de Natal todo ano desde sempre.

— Oi — ela conseguiu dizer. — Feliz Natal.

Patrick estava sentado no balcão do café da manhã com o jornal espalhado diante dele e uma caneca de café na mão.

— Feliz Natal — disse ele com um sorriso afetuoso no rosto. — Eu estava mesmo querendo saber que horas você ia chegar.

— Eu sei — disse ela, devorada pela culpa. Ela nunca havia perdido uma véspera de Natal em casa, mas a festividade realmente a atingiu com força no dia anterior, e ela simplesmente precisou de um tempo para si mesma. Assim, ela ligou e colocou a culpa em sua incapacidade de viajar com uma dor de cabeça terrível. — Me desculpem por eu não ter vindo ontem.

— Está melhor? — perguntou seu pai. Makenna fez que sim com a cabeça. Ele secou as mãos num pano de prato e pegou as sacolas dela. — Deixa eu te ajudar com isso — disse ele, e as levou para a sala de estar. Ela o seguiu e estava prestes a comentar sobre como a árvore de Natal estava bonita quando ele se virou com os braços bem abertos.

Engolindo as palavras, Makenna caiu no abraço, precisando dele como não precisava de um abraço do pai havia anos. Precisando do apoio e da proteção e do amor incondicional que sempre encontrou nesse homem, que conseguira dar a ela e aos irmãos tudo de que eles precisavam numa família, apesar de terem perdido a mãe.

— Feliz Natal, papai — disse ela.

— Agora é, com todos os meus filhos em casa. — Ele colocou o braço em volta dos ombros dela e a levou para a cozinha. — Com fome?

— Faminta. — E estava mesmo. Estar aqui era bom. Estar aqui ajudava. Afastava a solidão contra a qual estava lutando. Provava que ela não estava sozinha, não importava o que acontecesse.

Distraía sua mente dos problemas. E a lembrava de que, por mais que estivesse perdida, também tinha muito a agradecer.

— Onde estão Collin e Ian? — perguntou ela, batendo o ombro contra o de Patrick. Ele a puxou para um abraço com um braço só.

— Foram se arrumar. Devem descer a qualquer momento — respondeu o pai enquanto jogava alguns círculos de massa na frigideira.

— Como está Caden? O que ele está fazendo hoje? — perguntou Patrick.

Makenna estava preparada para essa pergunta.

— Como ele tirou folga no Dia de Ação de Graças, teve que trabalhar no Natal. — Pelo menos, foi isso que ele havia dito a ela no Dia de Ação de Graças. Ela não tinha certeza se Caden havia voltado ao trabalho ou não. Não se permitiu ligar de novo para Bear, e ele não tinha ligado para ela.

Patrick acenou com a cabeça.

— Eu entendo. Estou de serviço hoje à noite, mas pelo menos tenho o dia livre.

Passos foram ouvidos na escada, e Collin e Ian se juntaram a eles na cozinha. Outra rodada de abraços e cumprimentos e desejos de Natal.

— Como está se sentindo? — Makenna perguntou a Collin. Seu cabelo tinha crescido o suficiente para começar a cobrir a cicatriz na lateral da testa.

— Estou bem. Ainda tenho algumas dores de cabeça, mas está melhorando — disse ele. — Eu queria que Caden tivesse vindo. Queria agradecer a ele por tudo que fez enquanto eu estava lá.

Makenna se abraçou e forçou um sorriso.

— Você agradeceu. De qualquer forma, ele ia te dizer que estava fazendo o trabalho dele.

— Mesmo assim — disse seu pai, apontando com a espátula —, ele fez a noite ser menos ruim. Ele e Patrick. Nunca vou me esquecer disso.

Um nó de emoção se alojou na garganta de Makenna.

— Posso pedir mirtilos nas minhas panquecas, pai?

— Claro que sim. Mirtilos, chips de chocolate, M&Ms, o que as crianças quiserem — disse o pai com uma risada.

Isso provocou uma enxurrada de conversas sobre as panquecas que, felizmente, fez todo mundo parar de falar sobre Caden. Makenna enfiou a cabeça na geladeira enquanto procurava os mirtilos que queria e os morangos que Collin queria.

O café da manhã de Natal foi um evento divertido e barulhento, como sempre. Eles conversaram, brincaram e riram. O pai contou histórias de quando eles eram crianças, incluindo algumas sobre a mãe. Fazia parte da tradição. Sua mãe podia não estar mais entre eles, mas ainda era parte da família. Seu pai se assegurava disso.

E foi nesse momento que Makenna se deu conta de que seu bebê ia crescer sem um dos pais, como ela.

Pediu licença rapidamente e escapou da mesa, com a esperança de que sua saída não tivesse parecido tão apressada quanto ela achou que foi. Andou direto para o banheiro do corredor e se trancou lá dentro. E, maldição, seu primeiro pensamento foi sobre a vez em que se trancou com Caden no mesmo ambiente para poder conversar com ele sobre Cameron.

Ela se jogou de costas contra a porta com lágrimas silenciosas escorrendo pelo rosto. Lutou contra elas, pois sabia que, se abrisse as comportas, talvez não conseguisse fechá-las. Suas fungadas silenciosas e respirações tremidas enchiam o ambiente.

Talvez o bebê não crescesse sem um dos pais. Talvez, depois que ela contasse a Caden sobre o bebê, ele fosse ao menos querer estar envolvido na vida da criança.

Porque ela com certeza precisava contar a Caden. Ela sabia disso. E planejava fazê-lo. A questão era quando. Ela ainda não tinha contado porque tinha esperança de que ele percebesse que havia cometido um erro e voltasse para ela — e, se ele fizesse isso, ela queria que fosse por *eles*. Makenna e Caden. *Não* porque ela estava grávida do filho dele.

Então, em algum momento, ela teria que falar com ele novamente. Teria que vê-lo. No mínimo, ela queria dar a Caden a oportunidade de ver o bebê no próximo ultrassom. Ele merecia isso. Merecia se envolver, conhecer seu filho.

A consulta estava marcada para dali seis semanas, mas Makenna já estava entusiasmada, porque era nesse exame que ela poderia saber o sexo do bebê. Já tinha decidido que queria saber. Por algum motivo, quando pensava no bebê, ela sempre pensava num menino. Instinto maternal ou só algo aleatório? Ela ia descobrir em breve.

Recomponha-se, Makenna.

Certo.

Ela lavou o rosto e respirou fundo, depois saiu porta afora.

E quase esbarrou em Patrick, em pé no corredor. Braços cruzados. Claramente esperando.

— Quer me contar o que tem de errado? — perguntou ele.

Patrick era ótimo em perceber que alguma coisa estava errada.

— Nada — respondeu ela dando um sorriso.

Ele arqueou uma sobrancelha e a testa se franziu mais.

Makenna suspirou.

— Mais tarde.

— Promete? — perguntou ele. Ela fez que sim com a cabeça, e ele a puxou para os seus braços. — Seja o que for, estou do seu lado.

Um rápido aceno de cabeça no peito dele, e então ela se afastou.

— Vamos. Está na hora dos presentes.

O "mais tarde" veio mais rápido do que Makenna esperava. Certamente, mais rápido do que ela estava preparada. Se bem que, sinceramente, não havia como se preparar para o que tinha para contar à família.

Eles trocaram presentes. Assistiram a *Uma história de Natal* — porque não era Natal de verdade sem Ralphie querendo uma arma de ar comprimido e arrancando o olho com um tiro. Ajudaram o pai a fazer o tradicional jantar de filé-mignon. E, agora que tinham comido e tirado a mesa do jantar, Patrick ficava levantando a sobrancelha para ela.

Se ela não dissesse alguma coisa, ele diria.

— Podemos nos sentar na sala de estar um minuto? Preciso falar sobre uma coisa — Makenna finalmente disse com um frio na barriga.

— Está tudo bem? — perguntou o pai, contornando a ilha da cozinha até ela.

— Sim, mas podemos nos sentar? — perguntou ela.

Os irmãos e o pai lançaram olhares estranhos para ela, mas todos a seguiram e se sentaram pela sala, com o pai e Patrick um de cada lado dela no sofá. A árvore de Natal estava diante da grande janela e lançava um brilho multicolorido com as centenas de luzes penduradas nos ramos. Ela perdeu a decoração na véspera, o dia em que a família James decorava sua árvore desde quando ela conseguia se lembrar.

— O que é, amendoim? — perguntou o pai.

O coração de Makenna trovejou contra o esterno, e um nervosismo latejante a atravessou.

— Tenho novidades. E sinto muito por contar tudo de uma vez, mas achei que era a maneira mais fácil.

Ao lado dela, Patrick respirou fundo.

Ela encontrou seu olhar, depois o do pai, e depois os de Collin e Ian.

— Estou grávida. — Makenna quase prendeu a respiração esperando a reação deles.

Por um instante, ninguém disse nada, depois o pai se aproximou.

— Hum. — Uma série de emoções passaram pelo seu rosto. — Um bebê é, hum, uma notícia maravilhosa, Makenna. Mas por que eu sinto que há mais coisas a se dizer?

Ela se abraçou e fez que sim com a cabeça.

— Porque...

— O que Caden tem a dizer sobre isso? — perguntou Patrick, sua expressão tão séria quanto um ataque cardíaco. Seus olhos semicerrados a fizeram sentir que ele já havia entendido a história toda. Era o maldito policial nele.

— Ele não sabe — respondeu ela, lançando um olhar que implorava pelo seu apoio.

— *O quê?* — disse Ian.

— Por que não? — perguntou Collin.

Todos começaram a falar ao mesmo tempo, e o pai os silenciou.

— Conta pra gente o que está acontecendo — pediu ele, pegando a mão dela.

— Hum. — Ela engoliu com um nó na garganta e lutou contra a emoção que ameaçava dominá-la. — Então, nós terminamos algumas semanas atrás. Não sei muito bem o que aconteceu, pra ser sincera. Caden estava muito doente e ficou na casa dele. E aí, quando o encontrei depois que ele melhorou, ele simplesmente parecia fora de órbita. Disse que estávamos indo muito rápido pra ele, e foi isso. Eu tinha acabado de descobrir que estava grávida e, no meio de tudo, não tive a chance de contar a ele. E aí eu não quis contar, se era isso que ia fazê-lo voltar.

Com a expressão muito preocupada, o pai acenou com a cabeça.

— De quanto tempo você está?

— Quase doze semanas — respondeu ela. — Estou consultando uma médica, e tudo parece estar bem.

— Você vai contar pra ele? — perguntou Collin. Os três irmãos estavam com o mesmo olhar: parte preocupados, parte irritados, mas tentando controlar a última emoção.

— Vou — disse ela. — Vou convidá-lo pro próximo ultrassom, que só acontece daqui a mais de um mês.

— Então, você vai ficar com o bebê? — perguntou Ian. Só a gentileza em seu tom a impediu de surtar com ele.

— Claro que vou. É meu bebê também. — O único ponto claro de certeza em tudo isso era saber, sem dúvida ou reserva, que ela *queria* esse bebê. Não importava o que acontecesse, ele tinha sido concebido por amor. E ela já o amava. E se essa era a única parte de Caden que ela teria, ela ia agarrá-la com as duas mãos. — Então, essa é... essa é a minha novidade — ela conseguiu dizer.

— Ah, amendoim, você vai ser uma mãe incrível — comentou o pai, envolvendo o braço nos seus ombros. — E estaremos ao seu lado a cada passo.

O apoio incondicional liberou as lágrimas que ela estava segurando.

— Obrigada — ela sussurrou, perdendo a luta contra elas.

— E sinto muito por Caden — disse o pai enquanto lhe dava um beijo na testa. — Eu sei que isso não é fácil.

Ela deu um rápido aceno com a cabeça.

— Eu também sinto muito.

— Quer que eu fale com ele? — perguntou Patrick sentado ao lado dela.

— Sobre? — perguntou ela, analisando o rosto do irmão.

Ele apoiou os cotovelos nos joelhos.

— Parece que alguma coisa não se encaixa, Makenna. O cara que conheci no Dia de Ação de Graças estava *muito* apaixonado por você. E aí, duas semanas depois, ele simplesmente vai embora? — Patrick balançou a cabeça. — Alguma coisa não está batendo. E eu meio que gostaria de saber o que é, já que Caden deve ficar na sua vida quer vocês estejam juntos ou não.

Makenna estava destruída, especialmente porque os instintos eram certeiros. Tinha mais coisa por trás disso. E tinha a ver com a história de Caden. Ao dizer que ela merecia mais, ele tinha transparecido isso.

— Deixa eu pensar — disse ela esfregando as bochechas. — Mas obrigada.

— Está bem — disse Patrick, claramente insatisfeito por não conseguir o sinal verde. — É só me avisar.

— Papai está certo — disse Ian. — Você vai ser ótima, Makenna.

— É — disse Collin. — E nós vamos ser os tios mais incríveis de todos os tempos.

Isso provocou uma série de piadas e planos para o bebê que fizeram Makenna chorar de novo, desta vez de felicidade.

— Obrigada — disse ela, as bochechas doendo de tanto rir. — Obrigada por estarem aqui por mim.

— É pra isso que serve a família — disse o pai. — Não importa o que aconteça.

— Não importa o que aconteça — disse Patrick concordando com a cabeça.

— Absolutamente — disse Ian.

— Não importa o que aconteça, mana — disse Collin. — Exceto para trocar fraldas de cocô. Isso é tudo pro Patrick.

Claro, seus irmãos não podiam deixar passar uma boa oportunidade para fazer piadas sobre cocô, o que fez todo mundo rir de novo. A tensão escorria dos ombros de Makenna enquanto ela balançava a cabeça para eles e ria. Ela ia ficar bem, porque tinha esses quatro homens incríveis ao seu lado.

Mas quem Caden tinha?

19

O novo ano não transformou Caden num novo homem, mas pelo menos ele estava comendo mais e tomando banho regularmente, e basicamente funcionando, porra. Graças ao Joe. E a sessões com o dr. Ward duas vezes por semana nas últimas três semanas. E às maravilhas dos medicamentos modernos.

Na maioria das vezes, parecia que ele estava escalando lentamente uma montanha íngreme carregando uma pedra enorme nas costas, mas pelo menos estava subindo. Isso em si já era uma vitória. E ele estava se esforçando para dar crédito a si mesmo. Um passo de cada vez, cara, era tudo o que ele fazia ultimamente.

Sentado na cama no quarto de hóspedes de Joe, Caden arrastou a caixa de papelão cheia de correspondências fechadas na frente dele. Joe a trouxera da casa de Caden depois de seu turno na noite anterior. Agora que Caden estava arrasando nas funções básicas, estava na hora de tentar cuidar de algumas outras partes importantes da sua vida. Como pagar a hipoteca. E manter a maldita eletricidade funcionando, para sua casa ter aquecimento. A última coisa que ele precisava era voltar para casa depois dessa pequena estadia na Chez Flaherty e encontrar os canos estourados e o porão inundado.

Ele remexeu na caixa. Conta, conta, conta. Lixo, lixo, lixo. Revista, revista. Um convite para o casamento de um dos caras do posto. Mais contas, algumas marcadas com *Segundo Aviso*. Toneladas de maldito lixo. Um cartão de Natal.

Ele deu uma olhada melhor no endereço de remetente.

Um cartão de Natal de Makenna.

Ele o encarou por um longo instante. Ele a tinha abandonado... e ela lhe enviou um cartão de Natal?

Suas entranhas se contraíram. Ele virou o envelope. Olhou para a aba selada. E, finalmente, o rasgou.

O cartão na verdade o fez sorrir — e ele não conseguia se lembrar da última vez que sorrira. Tinha a foto de um garoto louro infeliz vestindo uma fantasia de coelho cor-de-rosa e dizia: *Ele parece um coelhinho da Páscoa perturbado!*

Do filme *Uma história de Natal*. Um belo clássico.

A cara de Makenna.

Tão rápido quanto conseguiu o sorriso, ele fugiu do seu rosto. Eles poderiam ter visto o filme juntos, compartilhando comédias idiotas como sempre. Mais que isso, poderiam ter comemorado o Natal juntos. O primeiro deles. Se Caden não tivesse desabado.

Quanto mais do seu presente e do seu futuro ele ia deixar seu passado destruir?

Porra.

Ele respirou fundo. *Pense no prêmio, Grayson*. Melhorar. Ficar inteiro. Reconstruir sua vida. E corrigir todas as coisas que tinha feito errado.

Hesitando por só mais um instante, ele abriu o cartão. Não havia texto impresso dentro, apenas a caligrafia arredondada de Makenna.

Querido Caden,

Eu só queria que você soubesse que estou pensando em você. E, se você precisar de mim, estou aqui. Não posso dizer que entendo o que aconteceu entre nós, só que estou disposta a ouvir. Eu não mereço mais do que você, porque não existe nada além de você para mim.

Eu ainda amo... aquele elevador.

Feliz Natal,

Makenna

Caden leu repetidas vezes até memorizar as palavras. Ele ainda podia ouvir a voz dela dizendo *eu amo aquele elevador* na primeira noite em que se conheceram. Depois de horas presos no elevador e do sexo mais incrível da vida dele, ela o convidara para passar a noite com ela. Quando se instalaram nos braços um do outro, ela soltou: *eu amo...* E se resguardou adicionando *aquele elevador*. Caden achou fofo. Isso lhe dera a esperança de que talvez ela o sentisse com a mesma intensidade louca que ele a sentia. E, nos dias e semanas que se seguiram, isso parecia ser verdade.

Até que, em algum momento, ele parou de confiar em si mesmo, na situação, na felicidade e talvez até nela. Ele bateu a cabeça idiota na cabeceira da cama. Naquele momento, não ficaria surpreso se uma lâmpada de desenho animado de repente aparecesse sobre ele. Caden tinha parado de confiar que ela... não o abandonaria. Então, ele foi embora.

Ele fez seus piores medos se tornarem realidade.

Bom trabalho.

Soltando um longo suspiro, ele passou os dedos sobre o que ela havia escrito. *Não existe nada além de você para mim.* Será que ela realmente acreditava nisso? E será que ele chegaria ao ponto de também acreditar?

Ele pegou o envelope e olhou o carimbo do correio — ela enviara o cartão no dia vinte de dezembro. Quase quatro semanas atrás. Ele sabia que era demais ter esperança de que ela esperasse por ele, esperasse ele melhorar. Não apenas por ela, mas pelos dois. Especialmente quando ela não tinha como saber que ele estava tentando encontrar o caminho de volta para si mesmo para que tivesse uma chance de voltar para ela.

Ele olhou de novo para o que ela havia escrito. Uma vez, duas vezes, engoliu com um nó que tinha se alojado em sua garganta, depois sussurrou:

— Ah, Ruiva. Eu também ainda amo aquele elevador.

Na semana seguinte, Caden se mudou de volta para casa e voltou a trabalhar. Esteve fora por quase seis semanas, e estava começando a ficar louco fazendo nada na casa de Joe. Estava na hora de ter uma vida. A dele.

Verdade seja dita, ele estava nervoso pra cacete em relação a voltar ao corpo de bombeiros. Sem dúvida os boatos estavam correndo sobre o que tinha acontecido com ele, especialmente tendo em conta a forma como ele estivera mal naqueles últimos dias no trabalho. E, se antes os caras não desconfiavam do que poderia estar acontecendo com ele, provavelmente iam sacar o essencial só de olhar para ele — mesmo já tendo recuperado cinco quilos até agora, ainda estava nove quilos abaixo do peso que tinha no início de dezembro.

Uma sombra do que era, talvez, mas não mais um fantasma.

Nunca mais.

Mas seus nervos teriam que se controlar, porra. Porque ele precisava do trabalho — não apenas pelo dinheiro, mas porque *precisava* ajudar as pessoas. Neste momento, ele estava reforçando seus pontos fortes, e fazer o seu trabalho sempre foi um deles. Por isso, ele definitivamente podia se dar crédito.

Caden não devia ter ficado preocupado.

Para ele, eles não ficaram nada além de felizes por tê-lo de volta. Melhor ainda, o dia foi uma maratona de chamados, um após o outro, mas foi tranquilo o tempo todo. Bater o ponto no fim do turno o fez se sentir com três metros de altura. Era a injeção de confiança de que ele precisava.

E isso também lhe deu um pouco de esperança.

Se ele conseguiu voltar ao trabalho, talvez, só talvez, isso significava que ele também poderia consertar as coisas em outras partes de sua vida. Acima de tudo, ele queria corrigir as coisas com Makenna.

Pensar nela o fazia sofrer, mas cada vez menos com indignidade, culpa e medo. Não, essa dor resultava do vazio causado pela longa separação, pela ausência dela em sua vida. Ele sentia tanta saudade dela que seu peito muitas vezes palpitava por isso, como se ele tivesse deixado uma parte de si nas mãos dela. E sem dúvida tinha.

Ele só precisava de um pouco mais de tempo. Um pouco mais de tempo para se acertar. Um pouco mais de tempo para fazer as pazes com o passado. Um pouco mais de tempo para se tornar o homem que Makenna merecia e Caden queria ser.

Ele só precisava de um pouco mais de tempo.

Algumas noites depois, Caden estava sentado em sua mesa da cozinha organizando contas e de repente se encontrou encarando a tatuagem de dragão no dorso da mão direita e do braço.

Ele a via todos os dias, claro. Mas, por algum motivo, na verdade não *a enxergava* havia muito tempo. Não se lembrava de por que estava lá.

A tatuagem tinha sido uma declaração e uma promessa. Uma declaração para si mesmo de que ele havia vencido seus medos e uma promessa ao irmão, Sean, de que Caden seria forte, de que Caden não viveria a vida com medo quando Sean não podia viver a dele.

— Eu me esqueci de ser o dragão, Sean. Mas não vou me esquecer de novo — disse em voz alta.

O que lhe deu uma ideia.

Ele fez uma ligação, teve sorte de conseguir marcar uma hora e saiu de casa.

Caden chegou à Heroic Ink em vinte minutos.

— Fico feliz de você ter ligado, cara — disse Heath, estendendo a mão. — Está devagar pra caralho aqui o dia todo.

Caden retribuiu o aperto de mão.

— Essa é uma situação em que todo mundo ganha, então, porque eu realmente queria vir hoje à noite.

— Bem, vamos lá pra trás pra começar logo — disse Heath. — Está sozinho hoje à noite?

— É — respondeu Caden, a referência a Makenna não o deixando triste e arrependido, pra variar, mas o deixando ainda mais confiante no que estava prestes a fazer. Porque, claramente, ele precisava de um novo lembrete, uma nova declaração, uma nova promessa. E se tatuar sempre fez parte de seu processo de superação e cura.

— Então, me fala o que você está pensando — disse Heath, apontando para a cadeira na sua estação.

— É um texto. Quero no meu antebraço esquerdo, do maior tamanho que você conseguir. — Enquanto se sentava, entregou a Heath uma folha de papel que havia escrito no jipe.

Heath concordou com a cabeça.

— Quer algum enfeite? Flores? Fita? Desenhos. Alguma ideia sobre a fonte?

— Estou aberto. Você sabe o que fica bom, e sempre gosto do que você cria. Contanto que as palavras sejam em negrito e a coisa mais destacada do desenho, vou gostar — disse Caden.

— Me dá dez minutos pra criar alguma coisa — disse Heath, abrindo o laptop. Não demorou nem dez minutos. — Que tal assim?

O olhar de Caden percorreu o desenho na tela. Era diferente de tudo que ele imaginara, então, naturalmente, era perfeito.

— Pode fazer. Bem desse jeito.

O primeiro toque das agulhas na pele foi como um bálsamo para sua alma. Ele *sempre* adorou a sensação de fazer uma tatuagem. Ele *gostava* da dor porque lembrava que ele estava vivo. Resistir a ela sempre o fazia se sentir mais forte. E cada novo desenho sempre o deixava com a sensação de que estava vestindo uma nova placa na armadura que passou a vida inteira criando.

Esta não era diferente.

O que Heath havia desenhado era intrincado, e letras bonitas levavam tempo, então Caden ficou lá por muito tempo. Mas ele estava totalmente contente, porra. Pra variar. Apesar de tatuagens no antebraço doerem pra caralho.

Cerca de duas horas e meia depois, Heath disse:

— Está feita.

Caden não estava olhando porque queria esperar pelo impacto total quando a tatuagem estivesse pronta. Agora, ele olhou.

Palavras cursivas em preto sólido se apoiavam inclinadas no antebraço em grupos de duas, dizendo, do pulso até a parte interna do cotovelo:

Uma Vida / Uma Chance / Sem Arrependimentos

Rosas vermelhas abertas flanqueavam a parte superior e inferior das palavras e se enrolavam em seu braço, enquanto floreios vermelhos e pretos se curvavam saindo de algumas letras e ao redor das flores. O centro da rosa de baixo se transformava num relógio com números romanos, e o modo como Heath combinou os elementos ficou fenomenal.

Caden podia ter sobrevivido àquele acidente quatorze anos antes, mas nunca tinha realmente entendido porquê. Nunca sentira que tinha algo específico *pelo qual* viver. Conhecer Makenna mudou tudo isso, mesmo que Caden estivesse muito atolado no passado para ver isso na época. Mas, agora que ele estava trabalhando tanto para ficar saudável outra vez, viu isso com uma clareza surpreendente.

Caden queria ter a chance de uma vida com Makenna. E, embora soubesse que havia uma chance de ela não o aceitar de volta depois do que ele fizera, tinha ao menos que tentar.

— Trabalho fantástico, como sempre, Heath. Obrigado — disse Caden.

— Ao seu dispor. Espero que isso te dê o que precisa — disse Heath, se inclinando para cobrir a peça.

— Eu também — disse Caden. — Eu também. — E, embora tanta coisa permanecesse incerta, Caden não conseguiu deixar de se surpreender com quanto havia progredido nas últimas seis semanas. Porque, sentado ali naquela cadeira, com o braço em chamas, a alma de Caden estava mais leve desde que ele conseguia se lembrar, porque ele havia renovado seu compromisso com Sean.

E, mais importante, consigo mesmo.

20

Deitado na cama em seu dia de folga, uma coisa que o terapeuta de Caden havia dito na última sessão ecoou em seu cérebro: *Encontre formas de fechar a porta do passado.*

Caden estava pensando nisso havia dias, querendo encontrar um jeito de fechar essa porta para poder começar a olhar para a frente, em vez de sempre olhar para trás. Era a última coisa que ele precisava resolver antes de se sentir pronto para ir atrás do que queria.

Makenna James.

Seu olhar se voltou para o urso de pelúcia na mesa de cabeceira, aquele que ela havia lhe dado para que se sentisse melhor. Durante todas essas semanas, ele o mantivera próximo — bem, ele não tinha dormido com a maldita coisa porque era um homem de vinte e oito anos, afinal —, mas gostava de ter por perto algo no qual ela tocara.

E Makenna era o que Caden mais queria. Se ela o aceitasse. E quem diabos sabia. Pelo jeito como se afastou dela — a abandonou, na verdade, ele tinha que dar o nome certo às coisas, porra —, ele não a culparia se batesse a porta na sua cara.

O conselho do dr. Ward tinha surgido com uma discussão sobre a percepção de Caden de que ele havia deixado o passado controlá-lo tanto, que ele transformou seus piores temores em realidade. A questão era: que diabos significava fechar a porta do passado? Como Caden deveria fazer isso? Todas as pessoas envolvidas no acidente que ele deixara definir sua vida tinham morrido. E ele nunca tinha sido o tipo de pessoa que encontrava respostas ou consolo conversando com lápides.

A única coisa que restava era o cenário do acidente.

Caden nunca mais tinha voltado lá. Nunca tinha sequer pensado nisso. Verdade seja dita, isso o assustava bastante.

E provavelmente era por isso que ele devia ir lá.

Pensou melhor no assunto, depois tirou o traseiro da cama, tomou banho e se vestiu. No quarto de hóspedes, remexeu nas caixas dos pertences do pai procurando o arquivo da investigação do seguro sobre o acidente. Seu pai havia morrido em agosto passado, e Caden não tinha guardado muitos pertences do homem — só a documentação relativa à liquidação da propriedade, álbuns de fotos da família que Caden nem sabia que seu velho ainda tinha, e algumas coisas da casa que Caden sempre associou à mãe. Tudo que queria dos pertences de Sean Caden havia reivindicado anos antes.

Caden estava na quinta caixa quando encontrou o que estava procurando. Puxou a pasta grossa de uma pilha e a abriu. Seu olhar passou sobre coisas que Caden realmente não queria reler em detalhes — as especificações dos ferimentos da mãe e do irmão, para começar — até encontrar as informações do local do acidente, que ocorreu na Rota 50, no Condado de Wicomico, Maryland.

Bingo. Hora da maior — e esperava que fosse a última — jornada ao passado.

A viagem de noventa minutos até a região voou, provavelmente porque Caden não estava ansioso para enfrentar o que tinha que enfrentar, mas demorou mais para encontrar o trecho exato de rodovia onde sua família tinha batido.

O arquivo de investigação mencionava um marcador de localização, que foi a primeira informação que conseguiu para restringir a busca, e também havia imagens do próprio acidente. Ele já as tinha visto — e todo o arquivo — antes. Quando tinha dezesseis anos, ele encontrou o arquivo e o leu inteiro, buscando cada detalhe sangrento como um viciado atrás de uma dose. Caden pensara que saber ajudaria, mas isso só forneceu material para o seu subconsciente transformar em pesadelos e culpa e medo.

Assim, não passou muito tempo olhando as fotografias agora — exceto para notar que a vala e o campo onde o carro havia pousado ficavam imediatamente depois de uma longa fileira de árvores, que em parte foi o que impediu por tantas horas que naquela noite alguém visse o carro virado.

Primeiro, Caden viu o marcador de localização, depois encontrou a fileira de árvores. Parou o jipe no acostamento. Sentado no banco do motorista, Caden analisou a cena, mas, além do que viu nas fotografias, nada ali parecia familiar. E por que pareceria? O acidente havia ocorrido tarde da noite e, quando veio a luz do dia, Caden estava fora de si.

Respirando fundo, Caden saiu do jipe e caminhou até a grama. A vala de irrigação ainda estava lá, criando uma ladeira íngreme para baixo a poucos metros da beira da estrada. Ele entrou nela. Ficou parado ali. Ele se abaixou e colocou a mão na terra onde duas pessoas que ele amava tinham morrido.

Não se passa um dia sem que eu pense em vocês, mãe e Sean. Sinto muito por ter perdido vocês. Eu amo vocês. E estou me esforçando muito para deixar vocês dois orgulhosos.

Fechando os olhos, ele deixou a cabeça cair sobre os ombros.

Um reboque de trator passou rugindo, e o som era familiar o suficiente para provocar calafrios nas costas de Caden. Mas Caden não estava preso naquele carro. Ele *não estava*. Não mais.

Ele se ergueu e olhou ao redor por mais um minuto. Não havia nenhum fantasma ali. Não havia nenhuma resposta ali. O passado não estava ali.

A percepção provocou alívio e frustração ao mesmo tempo. Alívio por ele ter vindo a este lugar e descoberto que era... apenas um lugar. Apenas uma estrada comum sob o céu cinzento do inverno. Frustração porque isso não o deixou mais próximo de descobrir como fechar a porta do passado.

O que mais poderia lhe dar alguma sensação de fechamento?

De volta ao jipe, ele folheou o arquivo de investigação. Um nome chamou sua atenção. David Talbot. O paramédico que tinha sido a primeira pessoa da qual Caden tomou conhecimento na cena do acidente. O que Caden mais se lembrava em relação ao homem era a bondade em sua voz, o apoio que ele continuava oferecendo, a maneira como ele explicava tudo o que estava acontecendo, embora Caden não conseguisse acompanhar. As palavras do homem tinham ajudado a estabilizar Caden depois de uma longa noite sem saber o que era real, e Caden sempre esteve convencido de que David Talbot fora a única coisa que o impedira de enlouquecer. E de continuar louco.

Caramba, por que Caden não tinha pensado em Talbot antes? Será que o cara ainda estava na área? Talvez fosse um tiro no escuro depois de catorze anos, mas o instinto de Caden dizia que havia alguma coisa nessa ideia. Com certeza, mal não ia fazer.

Uma busca rápida no smartphone revelou que o corpo de bombeiros de Talbot em Pittsville ficava a poucos minutos de distância. Caden dirigiu até lá sem saber o que esperar, ou se deveria esperar alguma coisa.

O Departamento de Bombeiros Voluntários de Pittsville era um complexo de dois edifícios, com o corpo de bombeiros principal ocupando cinco boxes, todos com as portas abertas. O equipamento amarelo e branco para combate a incêndio e atendimento de emergência ocupava todos os boxes, e uma fileira de caminhonetes tomava um lado do terreno. Caden parou o jipe alinhado com as caminhonetes e saltou.

Sua pulsação acelerou um pouco quando ele se aproximou do quartel dos bombeiros, e seu peito se encheu de uma estranha pressão pela expectativa. Ele entrou no boxe que abrigava um pesado caminhão de resgate e foi em direção às vozes, mas alguma coisa chamou sua atenção. Um grande número *7* na lateral do caminhão.

O couro cabeludo de Caden formigou. O departamento de incêndio de Pittsville era Posto Sete? O mesmo número do posto em que ele trabalhava. O mesmo número que ele tinha tatuado no bíceps. Qual era a chance?

— Posso ajudar? — veio uma voz lá de dentro.

Caden se virou e viu um homem mais velho com barba e bigode em pé na traseira do caminhão.

— Sim, desculpa. Meu nome é Caden Grayson. Sou socorrista em Arlington County, Virgínia — disse ele, estendendo a mão para o outro homem.

— Olha só. Seja bem-vindo. Sou Bob Wilson — disse o homem enquanto se cumprimentavam com um aperto de mãos. — O que te traz aqui? — perguntou com um sorriso. Uma das coisas que Caden adorava no trabalho com incêndios e atendimento de emergência: a comunidade que se formava com outras pessoas na mesma linha de trabalho.

— Uma coisa pessoal, na verdade. Um acidente que ocorreu catorze anos atrás. — A expectativa fez as entranhas de Caden se sentirem em uma montanha-russa, prestes a chegarem ao ponto mais alto. — Alguma chance de um paramédico chamado David Talbot ainda estar por aqui?

— Dave? Com certeza. Tentamos nos livrar do cara, mas ele gruda na gente que nem pulga em cachorro. — Bob sorriu e piscou o olho.

— Caramba, sério? — disse Caden, descrente por essa... *boa sorte* recaindo sobre ele. — Eu sabia que podia ser um tiro no escuro.

— Não. Somos todos veteranos por aqui — disse Bob, gesticulando para Caden segui-lo. — Vem pra trás. Ele está aqui. Tivemos um chamado mais cedo, então você teve sorte. Caso contrário, teria que ir atrás dele em casa.

Conforme eles seguiam até o fundo do grande prédio, o nervosismo de repente inundou as veias de Caden. Na última vez em que ele e David Talbot se viram, Caden estava destruído em todos os sentidos da palavra. Se alguém na vida de Caden o tinha visto em seu ponto mais baixo, em seu pior e mais vulnerável momento, esse alguém era Talbot. Caden estava tão despreparado para a possibilidade de encontrar esse homem — esse homem que representava uma força tão positiva na vida de Caden — que não tinha certeza do que ia dizer.

Bob os levou para o refeitório do corpo de bombeiros, onde oito homens estavam sentados ao redor da mesa, conversando e rindo, com pratos vazios diante deles.

— Pessoal — disse Bob —, este é Caden Grayson. Ele é socorrista em Arlington County, Virginia. — Houve uma série de saudações, e Caden acenou. — Ele veio ver você, Dave.

O olhar de Caden fez uma varredura rápida pela mesa, mas ele não conseguiu identificar Talbot de imediato. E aí, o homem na ponta da mesa voltou o olhar para ele, e Caden de repente foi sugado catorze anos para o passado. Quando um homem com um rosto simpático e voz tranquilizadora acalmou um garoto traumatizado de catorze anos e salvou sua vida.

— Eu, é? — disse Talbot, se levantando e vindo até Caden. Ele estendeu a mão. — Dave Talbot. O que posso fazer por você?

Caden retribuiu o aperto de mãos com uma estranha sensação de *déjà-vu*.

— Bem, sr. Talbot, é sobre algo que você já fez por mim. Catorze anos atrás, você foi o primeiro na cena de um acidente com um veículo. E você salvou a minha vida.

O que Caden precisava dizer era bastante óbvio, e ele nem se sentiu estranho por dizer isso na frente dos outros homens, que estavam claramente curiosos em relação ao que estava acontecendo.

— Sei que muito tempo se passou, mas eu precisava dizer "obrigado". E precisava dizer que o que você fez por mim naquele dia me fez querer ajudar as pessoas também. É por isso que virei socorrista. Sei que nem sempre sabemos o que acontece com alguém depois que o levamos para o hospital, por isso não sabemos o impacto que podemos ter causado. Eu queria que você soubesse que o seu foi enorme. E agradeço por isso todo santo dia. — Uma satisfação profunda se estabeleceu nos ossos de Caden por reverenciar esse homem depois de tanto tempo.

Daria para ouvir um alfinete cair naquela sala.

Dave ficou visivelmente comovido pelas palavras de Caden. O homem mais velho analisou o rosto de Caden e depois olhou para a cicatriz que se arrastava na lateral da cabeça.

— Caramba! — disse Dave, sua voz tensa. — Uma station wagon capotada? — ele disse, quase como se estivesse pensando em voz alta.

— Isso — respondeu Caden, com um nó se alojando na garganta.

— Eu me lembro de você — disse Dave segurando o braço de Caden. — É um verdadeiro prazer te ver, filho. — Ele balançou a cabeça e pigarreou, a emoção refletida no rosto. — Isso é maravilhoso. Caramba.

— Eu me lembro do chamado — disse outro homem, contornando a mesa para se juntar a eles. — Alguns a gente não esquece, ainda mais quando há crianças envolvidas, e esse foi um que não me saiu da memória. O homem estendeu a mão. — Frank Roberts. Fiquei muito triste pelo que você passou.

— Frank — disse Caden, retribuindo o aperto de mão. — Obrigado. Isso significa muito.

— Eu também estava nesse chamado — disse um homem de cabelos brancos sentado à mesa. — Estou impressionado por você estar nessa linha de trabalho depois daquele acidente. Muitas pessoas não conseguiriam. Wallace Hart, por sinal — disse ele, acenando levemente.

Caden acenou com a cabeça, surpreso porque não só esses homens estavam aqui depois de tanto tempo, mas também se lembravam dele. Lembravam do que aconteceu. Seu pai nunca quis falar sobre o acidente. Que inferno, seu pai mal falava com Caden além do estritamente necessário para a logística básica da vida; então, depois de tanto tempo, encontrar pessoas que estiveram lá, que sabiam o que tinha acontecido, que conheceram Caden naquele momento. Dave estava certo. Isso *era* uma coisa maravilhosa.

— Você tem um tempinho para se sentar? — perguntou Dave. — Posso pegar uma caneca de café pra você. E temos torta.

Um pouco emocionado pela reação deles, Caden consentiu.

— Alguém diz não pra torta?

— Não se estiver com a cabeça no lugar — respondeu Frank com uma rodada de risadas.

Alguns homens se levantaram, deixando Caden, Dave, Frank e Wallace à mesa. Os três homens tinham uns bons vinte anos ou mais que Caden, o que talvez tenha explicado por que eles falavam e olhavam para ele de maneira quase paternal. Eles perguntaram sobre as consequências do acidente, sobre o que ele havia feito depois da escola, sobre seu treinamento e seu posto e sobre sua vida pessoal — se ele tinha formado uma família.

— Ainda não — respondeu Caden, terminando o último pedaço da torta de maçã. — Verdade seja dita, eu tinha uma pessoa, mas estraguei tudo. Estou lutando contra o transtorno do estresse pós-traumático e a ansiedade desde o acidente, e deixei isso me derrubar. Tenho trabalhado em corrigir as coisas. Em *me* corrigir. Acho que foi isso que me trouxe até aqui. — Ele não tinha certeza de por que estava compartilhando isso com esses homens, sabia só que se sentiu bem sendo sincero com eles. E, francamente, ele estava no meio de uma conversa sobre a própria vida mais significativa do que qualquer uma que se lembrava de ter tido com o próprio pai.

Sentado ao lado dele, Dave prendeu a atenção de Caden com um olhar fixo.

— Deixa eu te contar uma coisa, Caden. — Ele parou por um longo momento. — Nós falamos sobre você por aqui. Todos que atendemos àquele chamado fomos afetados pelo que encontramos ali naquela manhã, e conversamos sobre isso mais de uma vez. Vou ser direto: todos nós ficamos muito surpresos de você ter sobrevivido àquele acidente. Seu pai também, embora a parte traseira do carro estivesse pior. Ainda consigo ver como estava achatada. Como se tivesse passado por um compactador. — Os outros homens fizeram que sim com a cabeça. — Quaisquer dificuldades que você enfrentou, imagino que tenha superado dignamente depois daquilo. Mas você precisa saber que o fato de ter sobrevivido, para mim, foi um milagre.

— É — disse Frank. — Você teve muita sorte. — Wallace assentiu.

Sorte.

Por muito tempo, Caden não acreditou que tal coisa existisse, não para ele. E todos esses homens concordavam que era isso que ele tinha tido. Será que ele entendeu tudo errado por todos esses anos?

A emoção fechou a garganta de Caden e momentaneamente roubou sua capacidade de falar. Ele acenou com a cabeça.

— Agradeço por isso, porque... porque muitas vezes eu tive que me perguntar por que eu sobrevivi e minha mãe e meu irmão, não. — Ele balançou a cabeça.

— É a pergunta errada — disse Dave. — Uma melhor é: o que aconteceu *porque* você sobreviveu? E eu vou te contar. Porque você sobreviveu, você se tornou paramédico. E isso que você fez hoje por mim, vindo aqui e me dizendo o que minha ajuda significou pra você? Há pessoas por aí que se sentem do mesmo jeito em relação a você. Pode ser que você nunca as encontre — que inferno, você provavelmente não vai encontrá-las, essa é a natureza da coisa —, mas elas estão por aí por sua causa, assim como você está por minha. E eu quero te agradecer por isso, pelo que você disse. Porque esse trabalho te faz encarar muitas coisas difíceis, te afasta da sua família a qualquer hora e te coloca em perigo, então é bom saber que o que eu faço; o que todos nós fazemos — disse ele, apontando para todos que estavam sentados ali — importa.

— Amém a isso — disse Wallace, levantando a caneca de café e tomando um gole.

Enquanto digeria as palavras de Dave, Caden se sentiu um pouco como, se em um desenho animado, tivesse dado com a cara em um poste . A ideia de que Caden poderia ser importante para alguém da forma como Dave era para Caden, a ideia de que o que Caden fazia por seus pacientes poderia impactá-los da mesma forma que o cuidado de Dave impactou Caden tantos anos atrás... era uma baita *revelação*. Seu couro cabeludo formigou e seu coração disparou.

Por todos esses anos que Caden havia desperdiçado se sentindo inútil e culpado, perguntando-se qual era o motivo da sua sobrevivência, ele sempre pensou em seu trabalho como o pagamento de uma dívida que ele tinha. E era verdade. Mas também era verdade o que Dave disse.

O que Caden fazia era importante para muitas pessoas.

O que significava que *ele* era importante, quer sentisse isso ou não.

Droga. *Droga*.

Essa ideia estacionou no peito de Caden como um caminhão autoescada de trinta toneladas. Essa merda *não saía do lugar*.

Era como a luz do sol atravessando pesadas nuvens escuras, os raios dourados fluindo e tocando em tudo pelo caminho. Iluminando coisas que estiveram escuras por muito tempo. Lançando luz sobre coisas há muito esquecidas. Era uma leveza de ser que Caden não se lembrava de ter sentido antes. O alívio da cura da alma chegando por trás da luz junto com o inimaginável: perdão.

E não só para ele mesmo.

Será que o pai de Caden teve alguém para conversar sobre o acidente? Porque, se Caden sentia culpa apenas por ter sobrevivido, o que o pai deve ter sentido sendo a pessoa atrás do volante?

A pergunta também abriu seus olhos, fazendo seu coração se libertar de parte da raiva que Caden carregara por mais de metade da vida. E mais daquela luz fluiu.

Em pouco tempo, ele estava trocando informações de contato com Dave e os outros e se despedindo. E Caden sentia que finalmente tinha entendido o que significava o conselho do dr. Ward. Porque uma hora com os homens que haviam salvado sua vida o ajudou mais a encerrar a questão do acidente do que qualquer outra coisa nos últimos catorze anos.

— Ei, Caden — chamou Dave quando Caden estava saindo do boxe.

Caden se virou.

— Sim?

Dave deu uma olhada séria para ele.

— Se eu aprendi algo na vida, é que poucas coisas importam mais que família e amor. Faça o que tiver que fazer pra recuperar aquela garota.

— Vou fazer tudo o que puder — disse Caden.

E, depois de hoje, ele finalmente sentiu que poderia estar pronto.

21

Makenna saiu do pré-natal dos quatro meses e soube que a hora tinha chegado — ela precisava contar a Caden sobre o bebê. O exame de ultrassom era em duas semanas, e não havia motivo para continuar adiando a conversa, exceto porque ela estava nervosa pra caramba.

Dirigindo pela escuridão do início da noite, Makenna foi até a casa de Caden. Essa conversa não podia acontecer por telefone nem mensagem de texto nem e-mail. Ela tinha que fazer isso cara a cara — não só porque era o jeito certo, mas porque precisava ver Caden. Ver como ele estava. Ver como ele reagiria à notícia. Ela simplesmente precisava vê-lo.

Porque Caden Grayson era uma dor dentro dela que não ia embora.

Ela parou no beco sem saída e encontrou a casa dele escura e a vaga vazia. Ecoando a viagem que ela fizera mais de um mês antes, ela se dirigiu ao pequeno corpo de bombeiros do outro lado de Fairlington — mas desta vez encontrou o jipe.

Ele havia voltado ao trabalho.

Por algum motivo, seu peito inflou de emoção. Se ele tinha voltado, isso devia significar que ele estava bem, o que a deixou feliz. Mas o fato de ele ter voltado ao trabalho, mas não ter voltado para ela devia significar que qualquer pedacinho de esperança por eles ao qual ela estivesse se agarrando era completamente inútil.

Se ele fosse voltar, já teria feito isso.

Pelo menos, agora ela sabia.

De qualquer forma, não era esse o motivo de contar a ele sobre o bebê. Mais que isso, ela não queria que Caden voltasse se o bebê fosse o único motivo pelo qual ele queria estar na vida dela. Então. Tudo bem.

Enquanto ela estacionava o carro no meio-fio, o relógio no painel dizia que eram quase cinco e meia. Seu turno provavelmente terminava às sete da noite ou às sete da manhã, dependendo da escala — o corpo de bombeiros tinha um sistema de sobreposição de turnos para garantir que eles sempre tivessem pessoal e que os caras tivessem dias de folga suficientes depois de trabalhar vinte e quatro horas seguidas. O que significava que ela poderia entrar e conversar com ele. Ou poderia esperar.

Depois de esperar dois meses, ela achava que mais algumas horas não seriam nada. Mas saber que Caden estava do outro lado da rua nesse prédio — tão perto — depois de tanto tempo, quase fez Makenna sair da própria pele.

Ela havia dado tempo e espaço a ele. Como ele tinha pedido. Agora ela já estava cheia disso. O bebê ia chegar eles estando prontos ou não.

Sem se deixar pensar demais, Makenna desligou o carro e saiu. Uma rajada de neve girou ao seu redor, e ela abaixou a cabeça contra o vento gelado e fechou o casaco grosso até o pescoço.

Num dia bonito, os caras costumavam deixar as portas dos boxes abertas, os caminhões à mostra. Mas as portas estavam bem fechadas contra esse clima, então Makenna se dirigiu à porta do escritório ao lado. Com frio na barriga, ela entrou na área de recepção, e isso disparou uma campainha. Não havia ninguém atrás do balcão.

Depois de alguns segundos, um jovem que ela não conhecia veio dos fundos.

— Posso ajudar?

— Oi — disse ela. — Caden Grayson está aqui?

— Grayson? Está. — Ele deu uma avaliada nela que fez suas bochechas ficarem quentes. — Vou chamá-lo.

O cara desapareceu no corredor.

— Grayson! — gritou ele, fazendo as bochechas de Makenna ficarem um pouco mais quentes. — Visita.

Makenna enfiou as mãos nos bolsos e soprou uma respiração trêmula.

Uma troca de palavras no corredor chamou sua atenção — porque ela ouviu a voz de Caden. Ouvi-la era um alívio e um sofrimento. Ela se preparou com a expectativa de vê-lo atravessar a porta.

E ele atravessou.

Seja forte, Makenna.

— Oi — disse ela, assimilando-o com os olhos. Ele parecia... bem pra caramba. Lindo, como sempre, com aquele maxilar forte e aquele rosto masculino e aqueles ombros largos. Estava um pouco mais magro, mas as olheiras quase tinham desaparecido e tudo nele parecia... de alguma forma mais leve. Como se ele estivesse mais alto, como se se movesse com mais facilidade.

— Makenna, o que você está fazendo aqui? Você está bem? — perguntou ele, contornando o balcão até ela. Ele parou à distância de um braço.

— Desculpa por te incomodar no trabalho, mas eu...

— Não, eu que peço desculpa. — Ele esfregou a mão na cicatriz da cabeça. — Eu não quis dizer dessa forma. Só estou surpreso, só isso.

— Eu sei. Eu esperava que a gente pudesse conversar por um minuto. Não deve demorar muito — disse ela. Bom, na verdade, duraria os próximos dezoito anos, pelo menos. Mas o que precisava acontecer naquele momento não ia demorar muito.

— Hum, sim. É, claro — disse ele. — Entra aqui comigo.

O coração dela se apertou quando uma vozinha interior disse: *Eu iria com você para qualquer lugar, Caden. Você não sabe disso?* Mas tudo que disse foi:

— Claro.

Ela o seguiu contornando o balcão, um ridículo arrepiozinho a atravessando quando seus braços roçaram enquanto caminhavam pelo corredor de blocos de concreto.

Por algum motivo, essa sensação a fez pensar na primeira vez em que encostara nele. Na noite em que estavam presos no elevador. Depois de talvez duas horas, ambos ficaram com fome e dividiram dois lanches e uma garrafa de água que Makenna felizmente tinha na bolsa. Como não podiam ver um ao outro para entregar a água, eles a deslizaram para a frente e para trás no chão até encontrarem a mão do outro. Naquele momento, ela já sabia o quanto eles tinham em comum e estava intrigada com Caden, e aqueles pequenos toques de um homem com quem ela conversou, mas nunca viu, foram eletrizantes.

Caminhando ao lado de Caden depois de tanto tempo separados, aquela noite parecia ter acontecido havia um milhão de anos.

O riso e papo furado vieram de uma sala à esquerda. Como já esteve na estação antes, Makenna sabia que era a cozinha e o refeitório do corpo de bombeiros. Uma espiada rápida ao passarem revelou que a mesa estava cheia, e todos os caras tinham pratos de comida diante de si. Ela captou o olhar de Bear quando ela e Caden passaram.

— Sinto muito por ter interrompido seu jantar — disse ela olhando para Caden.

— Não se preocupe — disse ele com a voz baixa.

No fim do corredor, eles viraram à direita.

— Vamos, hum, vamos entrar aqui — disse ele, abrindo a porta para ela. Ele acendeu a luz, revelando duas fileiras de beliches ao longo das paredes, com todas as camas cuidadosamente arrumadas.

A porta se fechou, prendendo os dois ali.

O coração de Makenna disparou.

O olhar de Caden passou por ela e finalmente se fixou em seu rosto, seus olhos cheios de uma intensidade que ela não entendia.

— Você parece realmente ótima, Makenna.

— Hum, obrigada — disse ela, o elogio a pegando desprevenida. — Você também está bem. Melhor. — Melhor que antes, pensou, mas não queria ficar falando do passado, quando o que precisava discutir com ele era o futuro. — Então...

— Você teve um bom Natal? — perguntou ele, se aproximando um pouco mais.

Ela inclinou a cabeça, tentando decifrá-lo.

— Hum. Claro. Fui pra casa na Filadélfia. Foi... foi legal.

Além da estranheza, uma estranha tensão ocupou o espaço entre eles, como se fossem ímãs que não sabiam se deveriam se atrair ou se repelir.

Porque a atração definitivamente estava ali — ao menos para ela. Seu corpo estava hiperconsciente do dele. De quanto ele era mais alto que ela. Da proximidade em que ele estava parado. De quanto seu peito era largo. De como suas mãos estavam fechadas em punhos e sua mandíbula tremia.

Ele estendeu a mão e tocou na ponta do cabelo dela, depois pareceu pensar melhor e afastou a mão.

— Seu cabelo cresceu.

O toque fugaz fez o coração de Makenna martelar no peito. O desejo e o anseio rugiam através dela, e ela não sabia se devia ficar irritada por reagir assim ou subir nele. Ou as duas coisas.

— É — ela conseguiu dizer. — Eu só não tenho conseguido cortar. — Ela deu de ombros, pois não tinha certeza do motivo de estarem falando sobre seus cabelos. — Olha, Caden — disse ela, querendo assumir o controle das coisas. — Eu preciso...

Uóooon, uóooon, uóooon.

Os toques do sistema de alerta da estação soaram alto no pequeno espaço, e as luzes azuis e vermelhas no teto começaram a piscar — a combinação de cores comunicava que eles tinham um chamado de incêndio e médico. Caden ensinou isso a ela na primeira vez em que foi lá. A voz do atendente se espalhou pelo alto-falante no teto com os detalhes do chamado.

— Merda — disse Caden, seu rosto ficando sério, mas com os olhos repletos de algo que se parecia muito com decepção. — Sinto muito mesmo, mas tenho que ir.

O estômago de Makenna desabou.

— Eu sei — disse ela. — O dever te chama.

— Eu preferia ficar e conversar com você — disse ele, se aproximando tanto que ela podia ter se inclinado para a frente e seu peito teria facilmente amortecido o peso dela. — Não sei por quanto tempo ficarei fora. O dia está difícil, e a chuva gelada que deve cair hoje à noite provavelmente significa mais do mesmo — ele disparou para fora.

Ela sentiu o cheiro nítido da fresca loção pós-barba.

— Você promete me ligar? Quando tiver tempo pra conversar. Assim que puder? — Makenna o prendeu com um olhar fixo.

Olhos castanhos tempestuosos brilhavam para ela — ou talvez fosse uma projeção do que ela sentia e desejava.

— Vou trabalhar amanhã também, mas eu prometo.

— É sério, Caden — disse ela.

E aí ele roubou a respiração dela. Ele segurou a parte de trás da cabeça de Makenna e lhe deu um beijo na testa, depois outro na bochecha. Ele acariciou a lateral do seu rosto.

— Eu prometo — disse ele.

Ai, meu Deus. Seu calor, seu toque, esse momento confuso de êxtase. Terminou num instante.

— Me desculpa. Você sabe sair, né? — perguntou ele, já abrindo a porta.

Atordoada, tudo que Makenna conseguiu fazer foi assentir.

— Tenha cuidado — ela gritou.

Mas ele já tinha ido embora.

E Makenna não tinha ideia de como interpretar o que havia acabado de acontecer.

Porra. Porraporraporra.

Esse era o teor geral dos pensamentos de Caden quando ele e seu parceiro saíram do boxe em resposta ao chamado. Ele não podia acreditar... em tudo aquilo. Que Makenna tinha ido vê-lo. Que ela estivera bem ali na frente dele. E que eles foram interrompidos antes que ele pudesse dizer pelo menos uma das coisas que precisavam ser ditas.

E antes que ela pudesse dizer por que tinha ido lá. A curiosidade se enroscou em suas entranhas. *Por que* ela tinha ido vê-lo? Depois de tanto tempo? Ele estava morrendo de vontade de saber, mas não tinha certeza do que as trinta e seis horas seguintes do seu turno duplo poderiam exigir dele devido ao show de horrores que o mau tempo normalmente provocava. E ele não queria deixar nada ao acaso. Feliz por não estar dirigindo, ele pegou o celular e mandou uma mensagem de texto.

Foi muito bom ver você, Ruiva. Quer me encontrar na sexta-feira à noite para conversar? Eu falei sério em relação a manter minha promessa.

Não apenas a que ele fez de ligar para ela, mas a que ele tinha feito a si mesmo de viver sem arrependimentos.

Ele apertou *Enviar* e quase prendeu a respiração.

Makenna respondeu em menos de um minuto.

Tenho uma reunião na região de Loudoun na sexta-feira e vou chegar tarde em casa. Sábado de manhã? Foi bom ver você também.

A última linha o fez sorrir, embora fosse morrer por ter que esperar mais uma noite. A única razão para ele não ter dirigido do corpo de bombeiros de Pittsford direto para o apartamento de Makenna no dia anterior era porque queria conversar com o terapeuta antes. Só para ter certeza de que tinha pensado em tudo do jeito certo. Porque, quando Caden fosse até Makenna, ele queria que fosse para sempre. Se, por algum milagre, ela estivesse disposta a lhe dar uma segunda chance, ele não queria fazer nada para foder com tudo. Nunca mais.

Ele mandou uma mensagem de texto em resposta. *Pode ser no sábado de manhã. Na sua casa ou?*

Na minha casa. Tenha cuidado, respondeu Makenna.

Você também, Ruiva. Os dedos de Caden desejaram digitar mais. Porém ele ia esperar. Porque agora ele sabia exatamente quando teria sua chance de conseguir a vida que mais queria.

E, desta vez, nada ia ficar no caminho.

22

O tráfego na 66 estava pesado, mas andando, quando Makenna dirigiu para casa na sexta-feira à noite da reunião que teve a oeste de Washington, D.C., o que era surpreendente, com a neve e a chuva gelada que caíram durante todo o dia. Sendo da Pensilvânia, Makenna não ficava desconfortável dirigindo na neve, ao passo que as pessoas de Washington, D.C. tendiam a se arrastar ou dirigir como maníacos que achavam que superfícies congeladas e gelo negro poderiam afetá-las. Mas até ali tudo bem.

O estômago de Makenna deu uma pequena revirada. Só mais uma noite de sono até ver Caden amanhã e, finalmente, contar sua novidade. A novidade *deles*.

Como se ela não estivesse nervosa o suficiente, vê-lo na quarta-feira à noite a deixou totalmente confusa. Seus elogios, seus toques, seus *beijos*. A mensagem de texto que ele enviou dizendo que foi muito bom vê-la. O que tudo isso significava?

E será que ela estava sendo uma completa e incorrigível idiota por querer que isso significasse que ele ainda sentia alguma coisa por ela? Porque ela daria quase tudo para que isso fosse verdade. Mesmo depois de tudo.

Parecia que o que ela dizia ao seu coração não importava, porque ele não parava de desejar o homem doce, sexy e danificado que ela conhecera na escuridão.

Uma música começou a tocar, e ela cantarolou até que não conseguiu evitar de cantar a melodia cativante do refrão. Prestando muita atenção na estrada, seu olhar desviou dos carros à frente para o espelho retrovisor enquanto cantava.

Uma sensação de formigamento na barriga. De novo.

Makenna não tinha pensado sobre isso.

Até que aconteceu de novo. Com mais força. Como se... *Ai, meu Deus!* Como se alguma coisa estivesse se mexendo dentro dela.

Será que era o bebê? De repente, ela teve certeza de que era.

— Foi você, amendoim? — perguntou em voz alta, um sorriso explodindo no seu rosto como não acontecia há semanas. Ela quase prendeu a respiração para que a sensação voltasse a acontecer, porque a primeira sensação do bebê se mexendo dentro dela era uma das coisas mais incríveis que já sentira. — Faz de novo, pequenino.

O resto da música tocou e o bebê não se mexeu de novo, mas isso não impediu Makenna de sorrir até as bochechas doerem.

Bum!

Alguma coisa bateu no quarto painel traseiro do seu carro no lado do motorista, e Makenna mal teve tempo de identificar a forma de um SUV escuro girando sem controle antes de lutar para controlar seu próprio carro. O impacto do outro veículo fez seu Prius deslizar num círculo lento. Ela girou o volante na outra direção, tentando ao máximo não perder o controle.

— Não, não, não, não, não.

Seus esforços estavam impedindo o carro de girar, mas a batida a empurrou para o lado da estrada coberto de neve, que não tinha sido limpo e salgado. Seus pneus perderam a tração, e o carro não respondia aos seus comandos nem aos freios que ela acionava relutantemente conforme as luzes de freio de outros carros se aproximavam dela.

— Ai, meu Deus, ai, meu Deus, ai, meu Deus — disse ela em voz alta, porque não ia conseguir parar. E faróis piscando atrás dela revelavam que ela não era a única sem controle.

O airbag explodiu na frente dela com um *pop* estalado, e seu carro virou uma bola de pinball.

Ela bateu no carro à frente e deu com o airbag. Não havia tempo para pensar nem sentir nem reagir. *Pop*. Os airbags laterais se abriram, e ela foi atingida mais uma vez. De novo. De novo. O carro sacolejava para lá e para cá. Pneus cantando e buzinas tocando e outras batidas surgiram ao redor dela até Makenna não conseguir identificar de qual direção vinham. Outra batida, com mais força ainda. De repente, o carro estava de lado e girando.

E tudo que Makenna podia fazer era gritar.

O celular de Caden tocou pouco depois das sete, e ele pegou e viu o número do corpo de bombeiros na tela.

— Grayson falando.

— Caden, é Joe. Sei que você acabou de fazer um turno duplo, mas tem um acidente com vários veículos na 66 e devem nos chamar a qualquer minuto. Mandei Olson pra casa há uma hora com gripe, então estamos com pouca gente e sei que você está perto — disse o capitão.

Caden já estava calçando as botas.

— Estarei aí em cinco minutos.

Quando Caden estava estacionando o jipe, as portas dos boxes do corpo de bombeiros estavam se abrindo. Os dois veículos de emergência estavam com as luzes piscando enquanto os homens se aproximavam e subiam. Caden se apressou pela neve até a plataforma e pegou seu equipamento.

— Vamos começar — disse enquanto pulava no banco do passageiro da unidade paramédica.

Do caminhão principal, Joe o cumprimentou.

— Me atualiza — disse Caden para Brian Larksen, que dirigia o veículo ao lado dele. Eles haviam atendido a muitos incidentes ao longo dos anos.

— Vários veículos. Podem chegar a dez. Dois virados. Um, dois e três estão na cena ou a caminho — disse Larksen, referindo-se aos outros postos de bombeiros da região. — Quatro e dez foram chamadas com a gente.

— Jesus, que bagunça — disse Caden. — Bem, um paciente de cada vez.

— Como fazemos — disse Larksen, seguindo para a Interstate 395 atrás do caminhão principal.

Mesmo com o tráfego de sexta-feira e a neve, eles chegaram à cena em pouco menos de quinze minutos. Nada mal, estando fora da sua área habitual de operação.

E, Jesus, a cena era um maldito desastre.

Mesmo de longe, Caden conseguia ver os socorristas lutando para acessar os veículos colididos um contra o próximo. Um caminhão de entrega estava de lado metade na grama, onde a estrada descia até a rampa de saída da Westmoreland Street.

Eles alcançaram os caras no caminhão principal, esperando as ordens do chefe que estava cuidando do incidente. As ordens vieram rapidamente, e Caden e Larksen foram encarregados de atender o motorista do caminhão de entrega. Eles pegaram o equipamento e o levaram até o caminhão. A batida tinha quebrado o para-brisa, tornando o acesso à cabine de passageiros mais fácil do que seria.

— Senhor, meu nome é Caden Grayson. Sou paramédico de Arlington e vou te ajudar — disse Caden, inclinando-se entre as bordas irregulares da janela quebrada. O motorista estava deitado na porta do passageiro, que estava virada para o lado da estrada, o que provavelmente revelava que ele não estava usando o cinto de segurança. O homem olhou para cima, e a lateral do seu rosto parecia um hambúrguer. — Apenas fique bem imóvel pra mim. Vamos te tirar daí. Qual é o seu nome?

— Jared — respondeu o homem com a voz rouca.

— Tirá-lo de lá vai ser muito difícil — disse Larksen baixinho, entregando uma lanterna a Caden. Caden concordou com a cabeça, seu cérebro já trabalhando na logística. Talvez eles precisassem de assistência. Caden socou o resto do vidro em uma das bordas para poder se inclinar sem se cortar.

— Jared — disse Caden se inclinando mais para dentro. — Vou verificar seus sinais vitais. Pode me dizer o que dói?

— Meu rosto e meu braço — respondeu o homem. — Fui arrastado contra a estrada aqui.

— Acha que quebrou alguma coisa? — perguntou Caden, medindo o pulso e a frequência cardíaca do homem e verificando a dilatação de seus olhos.

— Não. Acho que não — disse Jared.

— Está bem, amigo, aguenta firme. Eu já volto — disse Caden, se encolhendo para sair pela janela. Ele estava atualizando Larksen e reunindo suprimentos quando a voz de Jared soou atrás dele.

O homem estava tentando sair.

— Calma, calma — disse Caden, virando para apoiar os ombros do homem enquanto ele se inclinava pela janela, o sangue escorrendo pelo rosto e sujando a jaqueta de Caden.

Larksen estava bem ali, e juntos eles o levantaram e o deitaram na estrada.

— Grayson! — gritou uma voz.

Caden olhou ao redor até ver Bear correndo na direção dele, mas ignorou o homem porque eles tinham que tratar essas feridas, especialmente a do rosto de Jared. Ossos brancos brilhavam através do sangue coagulado, e agora Jared estava lutando para manter a consciência.

— Grayson — disse Bear, correndo até ficar ao lado dele.

— O que é? — disse Caden focado no paciente.

— Preciso que você venha comigo — disse Bear.

Ele estendeu as luvas ensanguentadas.

— Estou meio ocupado aqui.

— Merda, Caden. Preciso que você venha comigo *agora*. — Alguma coisa no tom de Bear fez as veias de Caden congelarem.

— Deixa que eu cuido disso — disse Larksen. — Resolve lá o que for e volta.

Caden se levantou, tirando as luvas e as deixando cair no chão.

— Qual é o problema?

Bear o pegou pelo braço e o conduziu para longe do caminhão e mais longe, para a grama que dividia a rodovia da rampa de saída que se curvava por uma pequena inclinação.

— Ela está consciente, mas está presa, e está...

— Que diabos você está falando, Bear? — perguntou Caden, nervoso por ter sido afastado.

— Makenna — respondeu Bear, apontando para a descida onde um pequeno carro estava de cabeça para baixo e apoiado num ângulo contra a encosta.

O mundo engoliu Caden até ele não conseguir ver mais nada. Ele disparou como um tiro descendo pela encosta escorregadia, o coração na garganta, com um nó enjoativo no estômago, o cérebro paralisado de medo.

Não, não, não, Makenna, não!

Os bombeiros estavam trabalhando para abrir a porta do motorista, que estava bastante destroçada, para poderem soltá-la, então Caden se deslocou para o lado do passageiro, onde uma equipe de paramédicos estava trabalhando.

— Makenna! — gritou. — Makenna?

— Caden? — Ela gritou com a voz distorcida e trêmula.

Um socorrista de cabelos grisalhos do Posto Quatro, chamado Max Bryson, olhou de um jeito desconfortável pela porta.

— Caden, ela está chamando você. — Caden engoliu em seco quando o homem saiu do assento do passageiro dianteiro, amassado e de cabeça para baixo. — Ela está estável, por enquanto. Mas não sei dizer sobre o bebê, sinto muito. Eles vão tirá-la em uns minutos. O carro está estabilizado, se você quiser entrar para ficar com ela.

— Bebê? — perguntou ele, seu cérebro lutando para entender as palavras do homem.

— Merda, você não sabia? — perguntou Bryson.

Makenna está grávida? A cabeça de Caden estava girando.

Mas não era ele que importava.

Caden se agachou imediatamente até a estreita abertura do assento do passageiro esmagado.

— Makenna? — Jesus, estava apertado. E esse foi todo o pensamento que ele dedicou a isso antes de rastejar para o lado dela, porque foda-se sua claustrofobia. Nada ia afastá-lo dela.

Ele não conseguiu colocar todo o corpo no espaço, mas ficou perto o suficiente para ver que ela estava pendurada de cabeça para baixo pelo cinto de segurança, o corpo enrolado pela maneira como a perda de altura do teto a obrigava a se dobrar.

Jesus, ela estava sangrando e cortada e tremendo. O pó branco dos airbags empoeirava o cabelo, o rosto e a roupa.

Cada uma de suas lesões fustigava a alma dele.

— Makenna, fala comigo.

— Ai, meu Deus, r-realmente é v-você. Caden, e-estou com m-medo — disse ela olhando para ele, o rosto molhado de lágrimas e do sangue de uma ferida que tinha sido enfaixada na lateral da testa.

Ele pegou a mão dela, mas a encontrou envolta em gaze e talas.

— Sou eu. Estou aqui.

— O bebê — sussurrou ela, as lágrimas saindo com mais dificuldade. — Eu não q-quero perder seu bebê.

As palavras alcançaram seu peito e apertaram com tanta força que ele mal conseguia respirar. Ele tinha tantas perguntas, mas agora não era o momento.

— Vai ficar tudo bem — ele disse, desejando isso com todas as suas forças. A vida devia isso a ele, maldição. Essa única coisa. Ela e seu filho saindo bem dessa situação. As malditas merdas em sua cabeça já tinham roubado tanta coisa dele. Isso não. Isso, também, não. Ele se aproximou para poder passar a mão nos cabelos dela. — Você está grávida, Ruiva? — A maravilha dessas palavras disparou por ele.

— Eu s-sinto muito — ela chorou. — Eu devia t-ter dito a-antes, mas eu... eu... — Seu rosto se enrugou.

— Não, não — disse ele, acariciando seus cabelos. — Não se preocupe. Não vou deixar que nada aconteça com você nem com o bebê, está bem? Eu prometo. — Jesus, ela estava grávida. *Grávida.* Do filho dele. Ele ficaria em êxtase com isso se soubesse que os dois estavam bem.

Com um barulho alto, a porta do lado do motorista se abriu de repente. Makenna gritou.

— Ei, Ruiva, olha pra mim. Eles vão te tirar daqui. Aguenta só mais um minuto — disse Caden, olhando para os seus lindos olhos. Ver tanta dor e medo ali o matava. — Respira fundo pra mim. — Ela respirou. — Mais uma vez — disse Caden respirando com ela, acalmando-a.

— Certo, Makenna — disse Bryson, se inclinando pela porta. — Vamos cortar seu cinto de segurança pra te soltar daí. Caden? Você acha que consegue segurar as pernas dela aí de dentro pra eu poder puxá-la pela cabeça e pelos ombros?

— Consigo — respondeu Caden sem hesitar. Embora isso fosse obrigá-lo a se espremer todo no espaço apertado para poder ter alavancagem para segurá-la. Eles não queriam que ela caísse no teto do carro quando a soltassem. Ele se posicionou, o ombro apoiando as coxas dela. Sua cabeça estava amassada contra o teto amassado.

E esse foi o primeiro momento em que lhe ocorreu que ele e Makenna estavam presos em um carro batido de cabeça para baixo. *Déjà-vu, porra.*

No momento em que Bryson cortou o cinto, Caden era tudo que a segurava. Makenna ofegou quando seu peso se deslocou.

— Estou te segurando, Ruiva. Estou te segurando.

A julgar pela maneira como as pernas de Makenna viraram, Bryson estava movendo lentamente a parte superior do corpo dela em direção à abertura. Ela gemeu, e suas mãos voaram até a barriga.

— Por favor, por favor, por favor, por favor — sussurrou ela várias vezes.

E Caden estava com ela. *Por favor, que os dois fiquem bem.*

Quando Bryson começou a tirá-la do carro, Caden lentamente abaixou as pernas dela nos seus braços e, em seguida, outro sujeito do lado de fora pegou as pernas até ela estar livre.

Sair do carro demorou mais tempo do que Caden tinha paciência, mas ele basicamente teve que engatinhar sob o que restava da abertura escavada da porta do passageiro. E aí ele correu para o outro lado e ajoelhou ao lado da cabeça de Makenna.

Enquanto ele se inclinava sobre ela, as palavras transbordaram de sua boca num ímpeto desesperado. Ele não podia deixar passar mais um segundo sem que ela soubesse.

— Eu te amo, Makenna. Eu te amei desde o início, desde que você riu naquele elevador e aliviou os meus medos, desde que você compartilhou comigo a história da sua primeira vez e me fez rir, desde que você me aceitou mesmo quando eu não conseguia me aceitar. Sinto muito, porra — disse ele.

— Caden? — disse ela, a voz se arrastando. Suas pálpebras se agitaram e caíram.

— Sim, Ruiva, sou eu — disse ele.

A cabeça dela caiu para o lado.

— Perda de consciência — disse um dos médicos. — Vamos tirá-la daqui.

Caden se levantou quando os homens ergueram a maca.

— Vou com vocês — disse ele a Bryson, desafiando o homem com o olhar. Ele não se opôs. Correndo ao lado da maca, eles seguiram para a unidade paramédica do Posto Quatro. Caden procurou sua equipe ao redor e viu Bear de longe. O cara olhou para ele e acenou com a mão e com a cabeça. Era toda a aprovação de que ele precisava, e se tivesse que pagar um inferno por sair dali, Caden estava mais que disposto a pagar.

Porque tudo que ele amava estava despedaçado e sangrando ao seu lado. Ele achava que tinha tempo... tempo para se corrigir e poder ser o homem que Makenna merecia. Agora, tudo que podia fazer era esperar que não fosse tarde demais.

23

Caden estava subindo pelas paredes. Quando chegaram ao departamento de emergência, a equipe o fez esperar enquanto Makenna estava passando pela triagem e sendo tratada. Mas havia uma coisa que ele podia fazer para ocupar o tempo que se arrastava. A família dela precisava saber o que tinha acontecido.

No Dia de Ação de Graças, Caden e Patrick tinham trocado contatos. Ele encontrou o número do irmão dela e esperou enquanto tocava.

— Patrick James falando — atendeu ele.

— Patrick, é Caden Grayson, o ...

— Eu sei quem você é, Caden. — O gelo no tom do outro homem deixou claro que Patrick sabia o que havia acontecido entre ele e Makenna. — A que devo a ligação?

— Makenna se envolveu num acidente. Ela está estável, mas no hospital. Chegou numa ambulância há quinze minutos — disse Caden, odiando ser o portador dessa notícia porque sabia o quanto Patrick e Makenna eram próximos.

— Merda — disse Patrick. — O que aconteceu? Ela está ferida? Como está o bebê?

O fato de Patrick saber do bebê fez Caden se sentir grato por Makenna não estar lidando com isso sozinha. Caden deveria ter ficado ao lado dela, mas pelo menos ela tinha a família.

— Ela estava semiconsciente e ferida quando chegou, mas suas lesões não eram graves, embora ainda não tenham determinado a condição do bebê. Engavetamento de dez carros na Interstate 66. O Prius de Makenna voou por sobre uma mureta e capotou. — Caden esfregava a mão na cicatriz enquanto andava de um lado para o outro na movimentada sala de espera.

— Vou reunir a família e chegamos aí o mais rápido possível. Onde vocês estão? — perguntou Patrick. Caden deu a informação do hospital, e Patrick disse: — Obrigado por ligar, Caden. Agradeço. Mas preciso que você esteja preparado pra responder a algumas perguntas minhas quando Makenna estiver bem. Está me ouvindo?

— Cem por cento. Ficarei feliz em contar tudo o que você quiser saber — respondeu Caden. — Eu a amo, Patrick. Eu fiz merda, mas a amo.

Uma longa pausa, e depois:

— Nos vemos em breve. — Patrick desligou.

Caden não podia se preocupar com como os homens da família James agiriam com ele, não quando cada célula de seu corpo agonizava por causa do que estava acontecendo com Makenna. Além disso, toda raiva que eles sentissem em relação a ele era resultado dos seus erros. Então ele entendia que teria que se esforçar para recuperar a confiança deles. Ele ficaria muito feliz de rastejar para qualquer um que quisesse se isso deixasse Makenna e o bebê deles bem.

O bebê deles. Toda vez que pensava na gravidez de Makenna, o espanto o atingia na cabeça de novo. Puro assombro iluminava seu peito. Havia medo dentro dele, também, não podia negar. Medo por essa pequena e vulnerável vida que talvez estivesse lutando para sobreviver. Medo porque ele seria responsável por proteger e orientar essa vida. Medo dos milhões de incógnitas que poderiam cair na sua cabeça absolutamente a qualquer momento.

Como a noite de hoje provou.

Mas a maravilha, o assombro, a luz — o amor — tudo isso era muito maior que o medo. Muito mais poderoso. Era o brilho ardente do sol contra o reflexo fresco da lua.

Não importava o que acontecesse, Caden tinha uma família. Neste exato instante. Pela primeira vez em mais de catorze anos.

E ele queria aquela família mais do que jamais quisera qualquer coisa na vida.

— Família de Makenna James? — chamou uma mulher de cabelo louro usando uniforme pelas portas do departamento de emergência.

Caden se apressou.

— Sou o namorado dela — ele disse. A palavra era tão inadequada em comparação ao que ela era para ele — seu tudo.

A médica o guiou para dentro, passando por pacientes que aguardavam em cubículos, macas e cadeiras.

— Sou a dra. Ellison. Makenna está acordada e estável. Está com um pouco de cólica e o batimento cardíaco do bebê está elevado, mas, tirando isso, o bebê parece estar bem. As próximas doze a vinte e quatro horas nos darão mais informações. — Eles viraram uma esquina e entraram num corredor com quartos fechados por cortinas. — Ela precisa de um raio-X da mão e uma tomografia computadorizada por causa da lesão na cabeça. Já fizemos os pedidos, mas a radiologia está lotada, então estamos aguardando. Esperamos que não demore muito. — A médica parou diante de uma cortina. — Alguma pergunta?

Cerca de um milhão, mas nenhuma que ele precisasse que a médica respondesse.

— Não, obrigado.

Com um aceno de cabeça, a dra. Ellison abriu a cortina listrada e entrou no pequeno quarto. E lá estava a Makenna dele, enfaixada e machucada, com agulhas nas veias da mão, mas viva e acordada. E sem dúvida a coisa mais linda que Caden Grayson já tinha visto na vida.

Makenna sentia como se estivesse se movendo mais devagar do que tudo à sua volta, ou talvez fossem apenas os remédios para dor que tinham dado a ela. Os sons pareciam vir de longe. As paredes pareciam meio ondulantes. Seus membros pareciam de chumbo.

A cortina do quarto de repente se abriu e a médica entrou... *com Caden!*

— Makenna — disse a dra. Ellison —, Caden está aqui pra te ver. Eu o atualizei sobre sua condição. Estamos apenas esperando a radiologia, ok? — A mulher deu um tapinha no braço de Makenna.

— Tudo bem — disse Makenna com uma voz fraca, o olhar fixo em Caden. Ele estava de uniforme, o casaco sujo de lama e sangue aqui e ali. — Obrigada.

— Aperta o botão de chamado se um de vocês precisar de alguma coisa — disse a dra. Ellison, e depois saiu.

Caden tirou o casaco e o jogou em uma cadeira, e era como se ele estivesse preso ali na beira do quarto. Ela desejava que ele viesse até ela, mas tudo que conseguiu fazer foi dizer o nome dele antes de começar a chorar.

— Caden...

Ele chegou perto dela num instante, seu corpo se dobrando sobre ela, a testa se encostando na dela.

— Me desculpa, Makenna. Eu sinto tanto — disse ele.

Makenna balançou a cabeça enquanto sua mente lutava para processar as palavras dele.

— Não foi sua culpa — disse ela. — Fiquei feliz por você estar lá. Eu estava rezando por isso, na verdade. Quando você apareceu, eu não tinha certeza se você era real.

Caden estendeu a mão para trás e arrastou uma cadeira para o mais perto possível do leito. Ele se sentou de um jeito pesado e aninhou a mão dela no peito largo.

— Não estou falando do acidente — disse ele, os olhos escuros brilhando. — Estou falando de como eu te deixei, como te afastei, como eu me perdi e não sabia como confessar isso a você. — Ele engoliu em seco, seu pomo de Adão se mexeu na garganta. — Estou falando de fazer você descobrir sozinha que estava grávida, de fazer você se preocupar por um segundo que fosse que teria que criar uma criança sozinha. — Ele balançou a cabeça, e ela nunca tinha visto sua expressão tão sincera.

Um alívio a invadiu por ele ter aceitado a ideia do bebê com tanta rapidez, e por parecer que ele queria se envolver. O que significava que seu pequeno não teria que crescer com apenas um dos pais como Makenna precisou, afinal.

— Você se lembra do que eu disse depois que eles te tiraram do carro? — perguntou ele, os olhos em chamas com uma intensidade que invadiu o peito dela e simplesmente... a dominou.

Mas Makenna não conseguia se lembrar de nada depois do susto da porta do carro se abrindo com um barulho. Eles a soltaram cortando o cinto de segurança, e depois... tudo virou um borrão.

— Não — sussurrou ela. — O que você disse? — O coração dela disparou, porque o momento parecia repleto de um significado que ela não entendia, e não queria entender errado. Ela não ia aguentar a decepção e o sofrimento. Não depois das cicatrizes que a noite de hoje havia causado.

— Eu disse... eu disse que te amo, Makenna. Eu disse...

— Por causa do bebê — cuspiu ela, o medo a vencendo. Mas ela precisava saber.

— Sim, por causa do bebê...

— Caden...

— Makenna, eu te amo desde a noite em que nos conhecemos. Tenho tanta certeza disso quanto de que deixei o acidente da minha família ditar a minha vida de maneiras que eu nem percebia, até me destruir totalmente. Eu te amo tanto que parece que estou sem uma parte de mim quando não estamos juntos. Eu te amo porque você é linda e gentil e inteligente e engraçada. Porque você me aceitou quando nem eu me aceitava.

Porque o seu coração é mais cheio de empatia e compreensão do que o de qualquer um que já conheci. Eu não faço o menor sentido sem você. Não mais. Porque você está dentro de mim, e eu quero você aqui. Quero você aqui pra sempre. Você *e* o bebê. Nosso bebê.

— Você... você me ama? — perguntou ela, experimentando as palavras enquanto a emoção crescia dentro do peito. — Então, por quê... *por quê*? — Sem jeito, ela tentou secar as lágrimas do rosto, mas as faixas em uma mão e o soro na outra tornaram quase impossível.

Caden pegou um lenço de papel da caixa sobre a bandeja, depois se aproximou e secou as lágrimas para ela. Era um gesto tão ridiculamente carinhoso que Makenna respirou fundo.

— Por que você se afastou? — ela perguntou de novo.

Com um suspiro pesado, Caden se recostou e pegou a mão dela outra vez. Ele deu um beijo demorado em seus dedos, os pequenos gestos de atenção dando credibilidade às suas palavras.

— A resposta curta é que eu me perdi, mergulhei em uma espiral até perder o controle e depois fiquei clinicamente deprimido.

— Ah, Caden — disse ela, com o conhecimento de que ele estava sofrendo tanto a destruindo por dentro.

Ele balançou a cabeça.

— Estou melhor agora, então não se preocupe. Tenho me esforçado para voltar aos trilhos há meses. E *estou* melhor, Ruiva, preciso que você saiba disso. Melhor do que nunca desde o acidente. — Outro beijo nos dedos. — Deixei muitas coisas mexerem com a minha confiança até me convencer de que não merecia você...

— Eu não amo o Cameron, Caden. Não quero ele. E quero que você saiba que pedi pra ele nunca mais entrar em contato comigo — soltou ela.

— Eu sei que você não ama o Cameron. Sei que você foi honesta e sincera em tudo o que me disse. O problema foi que eu não conseguia ouvir o que você dizia, ou não conseguia me deixar acreditar. Não sei. E essa é outra coisa pela qual devo me desculpar — disse ele pressionando os lábios em uma linha reta. — Por eu ter deixado minha falta de fé em mim mesmo abalar a fé que eu tinha em você. E eu odeio ter feito isso, porra. Porque você não fez nada que justificasse isso. Eram só minhas merdas. Mas compreender isso foi o motivo para eu querer voltar pra você, voltar e pedir uma segunda chance. Eu queria voltar inteiro pra você. Queria estar saudável. Queria ter certeza de que não voltaria a cometer os mesmos erros. Eu não podia fazer isso com você.

— E você está tudo isso agora? — perguntou ela, a esperança e o orgulho crescendo dentro de si. Porque havia algo na luz nos olhos dele e na força de suas palavras que já respondiam à pergunta.

— Sim — respondeu ele, assentindo com a cabeça com o olhar fixo no dela. — Pela primeira vez, sim. Eu estava planejando te ver neste fim de semana, mesmo antes de você ir até a estação na quarta à noite. — Ele deu de ombros discretamente. — Você aparecer foi como um sinal. De que estava na hora. E de que eu estava pronto.

Makenna fechou os olhos e respirou fundo, com toda a estressante incerteza que vinha carregando escapando de seus ombros. Foi o melhor e mais lindo remédio, mesmo com o cansaço da noite invadindo o seu corpo. Olhando para ele outra vez, ela deu um sorrisinho.

— Estou tão orgulhosa de você, Caden.

— Então — disse ele com a voz baixa. — Você acha... você poderia me dar uma segunda chance de estar na sua vida? De amar você? Você e o bebê?

— Ah, Caden, eu só estava esperando você dizer— disse ela, a garganta ficando apertada. — Quero você na minha vida mais que qualquer coisa, e nem por um segundo desde que nos separamos eu deixei de te amar com tudo que sou. — Ela roçou os dedos ao longo da proeminente maçã do rosto dele e desejou que seu corpo estivesse numa condição que lhe permitisse fazer o que ela realmente queria: subir no colo dele, se enrolar nele e nunca mais largar. — Vou te amar pra sempre. Não vou a lugar algum, não importa o que aconteça.

— Jesus, Makenna, eu estava com tanto medo de você terminar comigo pra sempre — disse ele, esticando-se sobre ela para abraçá-la.

— Você não precisa se preocupar com isso, Caden. Mas tem que me prometer que nunca mais vai me afastar assim. Tem que me deixar estar ao seu lado da mesma maneira que você esteve do meu hoje à noite, quando as coisas estiverem horríveis e tudo parecer estar desmoronando. Quero estar ao seu lado. Eu *preciso* estar ao seu lado. E você tem que prometer que vai me deixar. Porque não posso perder você assim de novo. Não vou.

Caden levou as mãos entrelaçadas dos dois até o coração.

— Eu prometo — disse ele, com intensidade no olhar. — Eu também quero e preciso disso, e prometo. Sinto muito mesmo.

O sorriso que ela lhe deu era cheio de alegria e amor.

— Então somos eu e você até o fim. Na escuridão e à luz do dia.

As palavras curaram lugares dentro dele que ele nunca pensou que iam melhorar.

— Eu e você até o fim — repetiu ele. E aí se recostou o suficiente para pousar suavemente a cabeça na barriga dela. — Eu, você e esse carinha. — Ele deu um beijo na barriga dela.

Vê-lo acariciar sua barriga, com a barriguinha começando a aparecer, era algo que ela temia nunca vivenciar. E era tão doce que tirou seu fôlego. Ela acariciou delicadamente seu cabelo raspado.

— Estou tão feliz por você estar feliz pelo bebê.

— Estou empolgado pra caralho, Makenna. Vocês dois são a minha maior sorte e a melhor coisa que já aconteceu comigo. — Ele se afastou dela e pegou sua mão de novo. — De quanto tempo você está?

— Dezessete semanas no domingo — respondeu ela, uma pequena emoção a tomando por finalmente conseguir compartilhar isso com ele.

— Uau — disse ele, um sorriso surgindo no rosto. As covinhas apareceram. — Você já sabe se é menino ou menina? Como você tem se sentido?

— Ainda não sei o sexo, mas o ultrassom é na próxima semana. Por isso eu fui te ver na estação. Eu queria que você soubesse do bebê pra poder se envolver, e queria te convidar pra essa consulta porque achei que você merecia conhecer o seu filho. Tirando hoje à noite, tenho me sentido bem durante o último mês, mais ou menos. No início, meu enjoo matinal era terrível, mas passou. — E, agora, falando sobre como estava se sentindo, Makenna percebeu que as cólicas que estava sentindo antes tinham desaparecido. A esperança a inundou. Eles iam superar esta noite, afinal; juntos e, por isso, mais fortes.

— Me desculpa por não estar presente pra ajudar, Makenna, mas agora tudo isso vai mudar — disse ele.

— Makenna James? — perguntou um homem enquanto atravessava a cortina com uma cadeira de rodas. — Hora dos exames.

— Ah, nem demorou tanto, no fim das contas — disse ela, pronta para saber quão ruim estava sua mão e se a batida na cabeça que precisou de três pontos era alguma coisa mais séria.

— Posso ir? — perguntou Caden, se levantando.

— Infelizmente não, mas pode esperar aqui. Ela não vai demorar — disse o plantonista. Virando-se para Makenna, o homem perguntou: — Você acha que consegue se sentar na cadeira de rodas?

— Acho que sim — respondeu Makenna, deslizando os pés para o lado. Caden estava ali e a ajudou a ficar de pé.

E depois a enrolou nos braços e simplesmente a segurou. Ele a segurou tão perto. O abraço era amor, vida e pertencimento, e aliviou muito a dor que ela estava carregando dentro de si.

— Desculpa, não consegui resistir — disse Caden, finalmente a soltando e a ajudando a se sentar na cadeira.

— Nunca se desculpe por isso — disse Makenna com um sorriso conforme o plantonista a levava na cadeira de rodas para fora do quarto.

O plantonista estava certo: o raio-X da mão e a tomografia da cabeça não demoraram muito. Melhor ainda, várias horas depois, ela recebeu a notícia de que a tomografia da cabeça não acusou nada e que só os dois primeiros dedos da mão direita estavam quebrados — os médicos temeram fraturas pela mão inteira, mas parecia estar principalmente torcida. Os airbags tinham exercido sua função, porque todos que ficavam sabendo o que tinha acontecido com ela repetiam que ela teve sorte.

E toda vez que olhava para Caden, Makenna concordava.

Ela dormia e acordava, todas as vezes encontrando Caden ao seu lado, às vezes acordado, outras vezes adormecido com a cabeça apoiada no quadril dela, a mão enrolada na dela. Makenna não pensou estar imaginando a nova paz que ele agora trazia em seu lindo rosto. O sono nunca tinha sido tranquilo para ele, e vê-lo descansar com tanta calma era mais uma prova de tudo o que ele havia dito.

Na próxima vez que ela acordou, encontrou seu pai sentado em uma cadeira do seu outro lado.

— Papai — sussurrou ela.

— Ah, Makenna. Eu me esforcei tanto pra te deixar dormir. — Ele se aproximou do lado dela. — Mas estava morrendo de vontade de ver seus olhos pra saber se você estava bem mesmo — disse ele com muita emoção no rosto. Meu Deus, como era bom vê-lo.

— Estou, sim. Ou pelo menos vou ficar — disse ela, contando a ele o que os médicos tinham dito.

Seu pai respirou fundo e deu um beijo na bochecha dela.

— Eu odeio te ver sofrendo.

— Não se preocupe — disse Makenna, a preocupação dele gerando um nó na sua garganta.

— Ah — disse ele com uma piscada. — Me fala como fazer isso depois que este pequeno chegar.

Makenna sorriu.

— Acho que é justo.

O olhar de seu pai foi até onde Caden dormia.

— Então, as coisas estão...

— As coisas estão bem, pai. Muito bem. Temos muito mais pra conversar, mas entendi o que estava acontecendo e sei que nos amamos. E isso é tudo que eu preciso saber agora. O resto vamos resolver juntos — disse ela buscando o apoio do pai.

O pai tirou um fio de cabelo do rosto de Makenna.

— Às vezes, você me lembra muito a sua mãe. Ela ficaria tão orgulhosa da mulher que você se tornou — disse ele, fazendo os olhos dela ficarem marejados. — Você tem um grande coração e uma alma gentil. Nunca mude.

— Ah, pai — disse ela, seus olhos molhados de novo.

Nessa hora Caden se sentou.

— Desculpe — disse ele. E aí viu o pai dela. Ficou de pé num instante. — Mike. Hum, sr. James.

— Pode me chamar de Mike, filho — disse o pai, prendendo-o com um olhar fixo. — Você está ao lado da minha menina, agora?

Caden fez que sim com a cabeça. Parte de Makenna se sentia mal por ele, mas uma parte maior estava orgulhosa de como ele estava confiante diante do pai dela.

— Sim, senhor. Cem por cento.

Seu pai contornou a cama do hospital e parou na frente de um Caden muito mais alto.

— Então, parabéns pelo pequeno e bem-vindo à família. — O pai estendeu a mão e, quando Caden a pegou, Makenna não conseguiu parar de sorrir.

— Obrigado, Mike. Isso significa muito pra mim — disse Caden. Será que Makenna estava imaginando ou as bochechas de Caden estavam ficando coradas, só um pouquinho? Isso não era muito fofo?

— Escuta, Patrick provavelmente está subindo pelas paredes — disse o pai. — Deixa eu sair pra ele poder voltar. Eles só permitem dois de cada vez.

— Posso sair pra vocês poderem ficar — disse Caden, apontando para a porta.

O pai balançou a cabeça.

— Seu lugar é bem aqui. — Ele deu um tapinha nas costas de Caden e olhou para Makenna. — Durma um pouco. Te vejo depois.

— Obrigada, pai — disse ela.

Quando ele saiu, Caden se apoiou na grade da cama e se curvou para beijar a testa dela.

— Seu pai é demais.

Ela sorriu.

— É mesmo. E você também. — Makenna esperava que as coisas corressem tão bem com o irmão mais velho.

O pensamento pareceu chamá-lo, porque, no instante seguinte, Patrick entrou no quarto e foi direto até ela no lado da cama oposto ao de Caden.

— Makenna, Jesus. Você assustou todo mundo, caramba. — Ele a beijou na testa. — Você está bem?

— Sim, vou ficar bem. Muito obrigada por vir até aqui — disse ela.

— Eu não poderia estar em nenhum outro lugar. Nenhum de nós poderia. Você sabe disso — disse ele, ainda sem cumprimentar Caden. Os ombros de Makenna afundaram, mas os dois tinham que resolver isso entre eles.

Um silêncio constrangedor se estendeu, e Makenna estava pensando em como corrigir isso tudo quando uma pequena agitação sacudiu sua barriga. E de novo.

— Ah! Está acontecendo de novo — disse ela pegando a mão de Caden. Ela a esticou sobre sua barriga. — Não sei se você vai conseguir sentir, mas é a segunda vez que sinto o bebê se mexer.

O rosto de Caden era uma máscara de alegre expectativa quando ele se inclinou por sobre ela. Ele balançou a cabeça, o sorriso mostrando as covinhas.

— Droga — disse ela. — Acho que vamos ter que aceitar que a criança não vai fazer as coisas quando queremos que faça, né?

Rindo, Caden fez que sim com a cabeça.

— Parece que é isso.

— Quer dizer, então, que você está na jogada? — perguntou Patrick, finalmente olhando para Caden. — Quer saber, vamos levar isso pro corredor.

Caden se endireitou e encontrou o olhar intenso de Patrick olho no olho e depois assentiu.

— Pessoal — disse Makenna, a preocupação escapulindo dela.

— Tudo bem — disse Caden e a beijou na testa. — Já voltamos. — Eles desapareceram no corredor, mas não se afastaram tanto, então ela conseguiu ouvir boa parte da conversa.

— Estou *totalmente* na jogada — disse Caden. — Sei que cometi erros, mas me esforcei pra corrigi-los e não vou cometê-los de novo.

Uma longa pausa, e Makenna conseguiu imaginar a expressão dura no rosto de Patrick. *Cara de polícia*, como ela sempre chamava.

— Ela merece tudo, Caden. — O coração de Makenna se derreteu com a proteção do irmão.

— Eu não poderia concordar mais. E vou garantir que ela tenha tudo. Que os dois tenham — disse Caden. Apenas poucas horas atrás, ela estava preocupada de nunca ouvir Caden dizer algo assim outra vez. Agora, ali estava ele, retratando-se com a família e se reafirmando. Mais uma prova do quanto ele havia progredido.

Outra longa pausa, e ela não conseguiu ouvir o que eles estavam falando.

— Bom, se eu fizer isso, vou chutar minha própria bunda. — A voz de Caden, seguida de risadas.

— Combinado, porra — disse Patrick.

Um instante depois, eles voltaram para o quarto.

— Tudo bem? — perguntou ela.

Caden e Patrick trocaram um olhar e um aceno de cabeça, e Caden deu um sorriso para ela.

— Estou aqui com você, Ruiva. Tudo finalmente está perfeito.

24

— Este é o melhor Dia dos Namorados da minha vida — disse Makenna, sentada na cadeira de balanço enquanto Caden apertava o último parafuso do berço do bebê. O que poderia ser mais romântico do que o pai do seu filho se dedicando a decorar o quarto do bebê? Eles estavam trabalhando nesse projeto havia horas, os dois muito contentes de estarem juntos em casa no dia que servia para comemorar o amor.

Eles tinham escolhido um esquema de cores vermelho, amarelo e azul-claro e um tema de bombeiro e dálmatas. O palpite de Makenna estava certo: eles iam ter um menino. Caden se acabou de chorar quando viu o ultrassom e soube da novidade — foi uma das coisas mais doces que Makenna já presenciara.

O sorriso de Caden revelou as covinhas.

— Ah, é? O meu também.

Ela colocou na boca um pedaço de chocolate de uma grande caixa que ele lhe dera e olhou ao redor para o que costumava ser o quarto extra de Caden. Ela havia se mudado para a casa dele na semana seguinte à que recebeu alta do hospital. Caden tinha insistido, e Makenna se apaixonou ainda mais por ele pelo quanto ele a estava mimando.

— Pronto — disse ele. — Tudo pronto. — Ele se levantou e deslizou o berço até encostar na parede, depois colocou o colchão dentro.

— Está ficando tão lindo — disse ela olhando para o móbile com pendente de capacete de bombeiro, dálmata, hidrante e caminhão de bombeiros. — Um quarto tão fofo.

— Tenho uma ideia. — Caden desapareceu por um instante e voltou com o ursinho de pelúcia que ela havia comprado para ele meses antes. — Acho que esse cara deve ficar aqui. O primeiro ursinho do bebê. Um presente da mamãe e do papai.

— Eu já te disse hoje como você é encantador? — perguntou ela enquanto ele o colocava no berço.

Ele sorriu timidamente e se ajoelhou entre as coxas de Makenna.

— Nosso filho merece tudo. — Ele deu um beijo na barriga dela; ainda não estava muito grande, mas dava para ver que ela estava grávida. — E você também.

Ele passou a mão nos cabelos curtos.

— Todos nós merecemos — disse ela. — E temos tudo.

Caden se inclinou mais para perto, segurou sua bochecha e a beijou, uma pressão demorada nos lábios e as línguas deslizando suavemente.

— Seu gosto é bom pra cacete — disse ele.

— É mesmo? — sussurrou ela, os braços se envolvendo no pescoço dele.

Ele fez que sim com a cabeça e aprofundou o beijo. Depois, rastreou beijos da bochecha até o maxilar e a orelha.

— Ver você todo prestativo e doméstico é realmente excitante — disse ela sorrindo.

Ele soltou uma risada no pescoço dela.

— Quer dizer que você gosta disso?

— Muito — ela assentiu.

— Sempre que você quiser que eu martele, fure ou aperte, é só me avisar — disse ele.

Makenna riu.

— Eu quero isso o tempo todo, Caden. Você não sabe?

Com um sorriso malicioso no rosto, ele se levantou e a puxou consigo. Beijando-a de novo, ele os levou para fora do quarto do bebê e para dentro do quarto deles. As caixas das coisas dela estavam enfileiradas numa parede — devagar, mas com eficácia, eles estavam ajeitando as coisas dela.

— Diz o que você quer. — Seus olhos escuros reluziram para ela.

— Você — disse ela, tirando a blusa. — Só você.

Ele beijou o ombro dela, a ondulação do seu seio, o mamilo através do sutiã.

— Você já tem — disse ele. — Você sempre tem. — Ele soltou o sutiã e passou a língua sobre um mamilo e sobre o outro.

Em pouco tempo, os dois estavam nus e Caden estava pressionando as costas dela na cama. Ele caiu de joelhos e afastou as coxas dela. O olhar no rosto dele era de puro desejo quando se inclinou. Ele beijou sua coxa, o osso do seu quadril, a pele pouco acima dos pelos pubianos, deixando-a louca e a fazendo precisar dele ainda mais. Em seguida, ele deu um beijo firme no seu clitóris, e Makenna não conseguiu evitar impulsionar os quadris.

— Você quer que eu coloque minha boca em você aqui? — perguntou ele, a respiração soprando sobre sua pele mais sensível.

— Meu Deus, sim — respondeu ela, olhando para baixo para ele. Ele era tão excitante, seus ombros largos preenchendo o espaço entre suas coxas, aquele rosto rude olhando para ela com tanta intensidade.

— Fala — disse ele. — Me fala o que você quer.

— Quero que você me faça gozar com a sua boca — ela falou rouca.

— Sim, porra — disse ele, e caiu de boca nela. Lambendo, sugando, implacável, deixando-a louca. Ele a penetrou com um dedo grosso, depois com outro, seus dedos se movendo dentro dela enquanto ele chupava seu clitóris e o provocava com a língua.

Seu piercing no lábio pressionou a carne dela, um sentimento que sempre a deixava fora de si.

Makenna gritou e agarrou a cabeça dele, segurando-o nela, pressionando-o para baixo.

— Meu Deus, eu já vou gozar.

Ele grunhiu sua aprovação e a sugou com mais força, mais rápido.

Ela prendeu a respiração enquanto o orgasmo a dominava onda após onda.

— Puta merda — disse ela com a voz rouca.

— De novo — disse ele, um brilho malicioso nos olhos, a sobrancelha perfurada arqueada. Ele inclinou os dedos dentro dela e atingiu um ponto que a fez flutuar.

— Jesus — disse ela com a voz rouca. — Isso é muito bom.

Enquanto trabalhava os dedos lá no fundo, ele batia a língua no seu clitóris com força e rapidez. Ele estendeu a outra mão para cima no corpo dela e agarrou seu peito, os dedos acariciando e apertando os mamilos sensíveis. O corpo de Makenna respondeu rapidamente, com a excitação e a luxúria e o amor atravessando o corpo dela por esse homem. Esse homem lindo, doce e danificado. Seu Caden.

— Tão bom, tão bom, tão bom — disse ela, os quadris se movendo, o coração disparado.

— Goza na minha língua, Makenna — gritou Caden. — Eu quero que você goze na minha língua.

A necessidade e a excitação no tom dele a fizeram se aproximar mais do ápice. E aí ele inclinou os dedos para acariciar aquele ponto dentro dela de novo e de novo.

Ela gozou com um grito, seu corpo tremendo e o quarto girando. Descobriu que fazer sexo grávida tinha alguns benefícios divertidos — ela achou mais fácil ter orgasmos múltiplos, e eram muito mais intensos. Makenna estendeu as mãos para Caden.

Ele engatinhou sobre ela e a empurrou contra os travesseiros até conseguir se ajeitar entre suas pernas abertas.

— Te amo tanto, porra — disse ele, pegando o pau na mão. Ele se inclinou e a beijou, um beijo urgente, cheio de calor e amor e necessidade, e então seu pau estava ali e deslizando fundo.

— Também te amo — gemeu Makenna, arqueando embaixo dele. Ouvi-lo dizer isso nunca ia cansá-la. Encontrá-lo naquele elevador tinha sido um belo presente.

Com os braços apoiados de cada lado dos ombros dela, os quadris de Caden se moviam num ritmo lento e com bastante fricção. Seu olhar desceu para onde ele desaparecia dentro dela.

— Fica tão sexy, porra — disse ele com a voz rouca. — É tão bom dentro de você.

Ela passou as mãos nas laterais fortes da bunda dele, seus músculos se contraindo sob o aperto.

— Mais forte — sussurrou ela, precisando de mais dele, precisando de tudo dele.

— Não quero te machucar — disse ele.

— Não vai — disse ela. — Preciso tanto de você.

— Jesus — disse ele, descendo todo sobre ela. As mãos dele deslizaram sob a bunda dela, inclinando seus quadris, e depois os quadris dele estavam voando: com força, de um jeito rápido e delicioso. Todo impacto roçava o clitóris de Makenna até ela estar ofegando e cravando os dedos nos ombros dele. — Você me possui, Ruiva. Sabia disso? — sussurrou na orelha dela. — Não há uma parte de mim que não seja completamente sua.

As palavras apertaram seu coração e fizeram sua alma flutuar.

— Eu me sinto igual, Caden. Você é tudo pra mim.

— Porra — rosnou ele, seus quadris se movendo mais rápido. — É bom demais.

Ela envolveu as pernas nos quadris dele e prendeu os calcanhares na sua bunda.

— Goza em mim. Eu quero sentir.

Ele rodeou os quadris, a nova sensação de repente a aproximando do orgasmo.

— Ai, meu Deus.

— Sim?

— Não para — sussurrou ela. — Não para.

— Você vai gozar pra mim de novo? — perguntou ele, beijando sua orelha.

Tudo que ela conseguiu fazer foi gemer enquanto a sensação se retorcia cada vez mais depressa na barriga dela.

— Ah, tão apertada, porra — disse ele com a voz rouca.

E aí ela estava gritando e gozando, seu corpo agarrando o dele.

— Sim, Makenna, sim. Estou gozando. Gozando com força, porra — disse ele, a voz grave e raspada. Seu pau pulsava dentro dela enquanto seus quadris diminuíam o ritmo e tinham espasmos.

Quando os corpos se acalmaram, ele saiu de dentro dela e rolou os dois até que metade dela estava deitada sobre ele, o braço dele ao redor do ombro dela e a segurando perto.

— Nunca pensei que teria tudo isso, Makenna — disse Caden, beijando sua testa. — É mais do que eu sempre quis. — Ele levantou o queixo dela para poder olhar nos seus olhos, e os olhos dele estavam mais claros e leves do que ela já tinha visto. Desde que foram morar juntos, ele tinha contado tudo que fizera para ficar mais saudável enquanto estavam separados. E ela estava tão orgulhosa dele, orgulhosa por ele ter tido a coragem de olhar toda aquela escuridão de frente e ainda conseguir encontrar a luz.

— *Você* é mais do que eu sempre sonhei.

Ela passou a mão na cicatriz dele, o peito tão cheio de amor por esse homem, que ela não sabia como conseguia guardar tudo isso dentro de si.

— Vou passar o resto da minha vida te fazendo feliz.

Ele levou a mão dela à boca e beijou a palma.

— Você não sabe, Ruiva? Você já faz isso.

25

Cinco meses depois

— Ah, Makenna, ele é saudável e lindo e simplesmente perfeito — disse a dra. Lyons quando o filho deles chegou ao mundo. O bebê chorou, e o som invadiu o coração de Caden e o tornou mais completo do que jamais fora em toda a vida. Como ele teve tanta sorte?

— Bom trabalho, Makenna — disse Caden dando um beijo em sua bochecha úmida. — Você conseguiu. Estou muito orgulhoso de você.

— Ele está aqui — disse Makenna agarrando a mão de Caden. — Ele está mesmo aqui.

A médica colocou o bebê na barriga de Makenna e pinçou o cordão umbilical enquanto uma enfermeira o limpava e colocava uma touca listrada na cabeça dele. E, meu Deus, ele era tão pequeno. Pequeno e lindo e incrível.

— Você gostaria de fazer as honras? — perguntou a médica a Caden estendendo a tesoura para ele.

— É? — perguntou Caden, sorrindo. Makenna sorriu e concordou com a cabeça, e Caden cortou o cordão.

Terminando de limpá-lo, a enfermeira cobriu o bebê com um cobertor e o elevou para Makenna poder pegá-lo no colo. Ver Makenna segurar o filho deles pela primeira vez era algo que Caden nunca esqueceria. Ele balançou a cabeça enquanto olhava para os dois, tão cheio de admiração. Essa... essa era a família dele. Ele se inclinou e acariciou o cabelo dela.

— Ele é lindo.

— É mesmo — disse Makenna com a voz trêmula. — Oi, Sean, é tão bom finalmente te conhecer.

Caden delicadamente envolveu com a mão a pequena cabeça de Sean. Sean David James Grayson. Era um nome grande para um carinha tão pequeno, mas os dois tinham se apaixonado por ele como uma forma de reconhecer as pessoas importantes em suas vidas: o irmão dele, o paramédico que salvou Caden e a família de Makenna. Onde quer que estivessem, Caden esperava que sua mãe e seu irmão estivessem orgulhosos.

A enfermeira deu pulseiras para os três e tirou a impressão do pezinho do bebê, depois perguntou:

— Você gostaria de tentar alimentá-lo, Makenna?

— Sim — respondeu ela, o rosto se iluminando. Foram necessárias algumas tentativas, mas Sean pegou bem rápido. E o encanto no rosto de Makenna era tão doce, que fez o peito de Caden doer.

Caden segurou a mãozinha minúscula do bebê, os dedinhos se enroscando num dos dedos de Caden. E isso lhe deu uma ótima ideia. Porque hoje ele ia tornar essa família oficial. Ele estava com a aliança e a aprovação do pai e dos irmãos dela — até de Ian, que finalmente pareceu ter aceitado a ideia de que Makenna estava com Caden — e agora era o momento perfeito.

Depois de um tempo, o bebê se afastou e se agitou, e Makenna o acariciou, arrulhando e falando até o menino se acalmar. Durante longos momentos, ela e o filho simplesmente se encararam enquanto ela falava baixinho com ele. Ao os observar, Caden nunca se sentiu tão feliz ou tão agradecido em toda a vida.

— Sua vez de segurá-lo — ela disse sorrindo para ele.

O coração de Caden disparou. O corpinho de Sean quase não enchia a dobra do braço de Caden. Ele era tão pequeno, tão vulnerável, tão lindo, com uma cabeça de cabelo castanho e sedoso espreitando por baixo da touca e olhos azuis que Caden esperava que ficassem dessa cor. Parte dele e parte dela.

Quando o bebê começou a chorar, Caden o sacudiu suavemente nos braços e caminhou em um círculo lento perto da cama.

— Você e eu vamos ser bons amigos, mocinho. Vou te ensinar tudo. Eu te amo — disse ele —; você e sua mãe.

O bracinho do bebê escapou da coberta, e quando Caden estava de costas para Makenna, ele tirou a aliança do bolso e a colocou na palma do bebê. Sean apertou os dedos ao redor do anel.

— Você pode fazer as honras por mim — sussurrou ele, depois se virou para Makenna, o nervosismo de repente disparando pelo corpo. — Ele é perfeito, Makenna — disse Caden, colocando o bebê no peito dela outra vez. — E acho que ele tem um presente pra você.

Ela deu um sorriso interrogativo para Caden e segurou a mão de Sean. O diamante brilhou, e Makenna ofegou enquanto a aliança escapava do aperto do bebê.

— Ah, Caden.

Com o coração na garganta, ele se ajoelhou ao lado da cama de hospital e pegou a mão esquerda dela.

— Makenna James, você é tudo que eu quero e preciso neste mundo. Eu te amo com todo o meu coração e prometo me dedicar a te amar e cuidar de você e construir uma vida maravilhosa pra você e Sean. Pra nós três juntos, como uma família. Você é a melhor coisa que já me aconteceu, e eu seria o homem mais feliz do mundo se você concordasse em ser minha esposa. Makenna, quer se casar comigo?

— Sim — respondeu ela. — Ah, Caden, sim.

Caden pegou a aliança e a deslizou no dedo dela. Encontrar o lugar ao qual ele pertencia neste mundo — com ela — era um presente maior e mais significativo do que ele jamais imaginara ser possível. Ele se levantou e a beijou, suave e docemente, com tanto amor.

— Sou o homem mais sortudo do mundo. Graças a você. — Ele beijou Makenna outra vez, depois beijou a cabeça de Sean. — E você também.

Makenna sorriu até quando seus olhos azuis se encheram de lágrimas de felicidade.

— Eu te amo, Caden. Muito.

Caden sorriu de volta, o coração tão completo.

— Ah, Ruiva. Eu também te amo. Pra sempre.

Agradecimentos

Como foi meu primeiro livro publicado, *Amor na escuridão* sempre será especial para mim, o que também torna especial a publicação de *Amor à luz do dia*. Quando escrevi *Amor na escuridão*, em 2010, não esperava escrever mais sobre Caden e Makenna. A história veio para mim com um final feliz-por-enquanto que deixava o leitor imaginar o que tinha acontecido com os dois depois da noite no elevador. E, por um bom tempo, era tudo que eu tinha. Vi partes do futuro deles, mas nenhuma história. E aí uma história me veio. Eu vi tudo. Todos os altos e baixos. E *quão baixos* eles seriam. Naquela época, eu recebia perguntas frequentes dos leitores: você vai escrever mais sobre Caden e Makenna? Na verdade, essa foi a pergunta mais frequente que recebi dos leitores durante toda a minha carreira de escritora.

E assim nasceu *Amor à luz do dia*.

Caden e Makenna são alguns dos meus personagens preferidos que já escrevi, e espero que você ame a jornada deles neste livro. Porque este livro é, principalmente, para vocês, leitores, e agradeço do fundo do meu coração por vocês amarem esses personagens como eu amo.

A seguir, devo agradecer à minha melhor amiga e colega na escrita, Lea Nolan, por me encorajar, ter ideias comigo e ler o livro com um olhar tão atencioso. Christi Barth, Jillian Stein e

Liz Berry também merecem agradecimentos pela leitura do livro e por me dizerem o que acharam — juntas, vocês me deram coragem para soltar este livro no mundo. Obrigada!

Também devo agradecer a minha família, por permitir que eu arrumasse tempo para terminar de escrever. Amo tanto vocês!
-LK

Impresso no Brasil pelo Sistema Cameron da Divisão Gráfica da
DISTRIBUIDORA RECORD DE SERVIÇOS DE IMPRENSA S.A.